太阳掉在海里的声音

胡勇平 著

百花洲文艺出版社

图书在版编目(CIP)数据

太阳掉在海里的声音 / 胡勇平著. -- 南昌 : 百花
洲文艺出版社，2022.7
ISBN 978-7-5500-4468-5

Ⅰ. ①太… Ⅱ. ①胡… Ⅲ. ①诗集-中国-当代
Ⅳ. ①I227

中国版本图书馆 CIP 数据核字(2021)第 238255 号

太阳掉在海里的声音　　胡勇平　著

Taiyang diao zai haili de shengyin

责任编辑　杨　旭
特约编辑　张立云
装帧设计　云上雅集
出 版 者　百花洲文艺出版社
社　　址　南昌市红谷滩新区世贸路 898 号博能中心一期 A 座 20 楼
电　　话　0791-86895108(发行热线)0791-86894717(编辑热线)
邮　　编　330038
经　　销　全国新华书店
印　　刷　长沙市精宏印务有限公司
开　　本　889 毫米×1194 毫米　　1/32
印　　张　8.5
版　　次　2022 年 7 月第 1 版第 1 次印刷
字　　数　160 千字
书　　号　ISBN 978-7-5500-4468-5
定　　价　68.00 元

赣版权登字　05-2022-62

网　　址　http://www.bhzwy.com
图书若有印装错误,影响阅读,可向承印厂联系调换

序一：天地有诗寄情怀

梁瑞郴

几十年来，我一直用迷茫的眼光打量新诗。总是将他与老祖宗创造的那些可歌可咏，可吟可诵，拍案击节，舞之蹈之的诗歌相比较，色彩，节奏，音韵，都去哪里啦？尤其是近年来出现的口水诗，先不说其句式处理的非诗化，那不知所云的诗意景象也让人摸不着头脑。当然新诗也有让人眼前一亮，凸显时代先锋的色彩的佳构。像五四时期冲决一切罗网的狂飙之曲《女神》，现在一些人恣意贬低郭沫若在新诗中旗帜性作用，其实是贬低五四伟大的革命精神。我以为那时的任何一件文学作品，如果没有冲诀一切藩篱的革命精神，都是与伟大的五四新文化运动不相匹配的。为什么我们说李白的诗歌有盛唐气象，是大唐气魄造就了他的诗风，特别是他那些充满剑气的古风，是盛唐贞观之治后的遗风。而安史之乱后，豪放诗风一转而为沉郁，哀伤。这是时代之变，导致诗风之变。

中国 20 世纪 30 年代出现的徐志摩，戴望舒们的诗歌，柔美而悠长，深情而唯美。许多诗在青年中引起强烈共鸣。这一时期许多知识青年，像鲁迅先生所描写的荷戟独彷徨者很多，那种小资的苦闷和追求，是许多的青年知识分子感情特征。而后艾青，臧克家，贺敬之，郭小川等诗人的诗歌一统天下，与时代相匹，尤其中华人民共和国成立后，他们的诗歌表达了一代青年们的情感之声。改革开放40年，经济有高速的发展，国力有显著提高，但新诗却难与时代同频共振。恕我直言，他一直像一个睡眼惺忪的莽汉，摇摇晃晃。

勇平就是在这摇摇晃晃中坚守了40年的歌者。关于他的诗歌成就，我们还是从文本出发。

在我通览了勇平的《太阳掉在海里的声音》诗集后，我有了基本判断。他的踩点还是在时代的节拍上，虽然没有宏大叙事，但他善于见微知著，从杯水车薪中，发出自己的声音。创造出不少意味深长的意象。如《折情为萧》就是一首创造不少新意象的诗歌。他糅合了敦煌的飞天，敕勒川的风情，银河的雪崩，到最后太阳坠海的声音。这是一首古典与现代交融，水与火淬炼的交响曲，这声音是时代的巨响，是涅槃的呐喊，呼叫之声虽在诗外，但却炸响在我们耳畔。

勇平的诗的确常常浸含微言大义，如《岳麓山偶蔡松坡》，他把英雄的壮举隐含在笑声与马蹄声中，那是掀翻一个王朝的声音，而问路的蔡锷，又何尝不是中国向何处去的国问？如果说诗区别文的根本点，就是他用隐喻，开辟广阔的世界。

我一直以为，诗者，言志，言情，言怀，言垒，但即便如此，如果你没有想象力，则诗就如同折翅的雄鹰，乏味的干蜡。我以为，勇平尽管是一位优秀的律师，但他的右半脑决不输入左半脑。他的许多诗，都能插上想象的翅膀，使最不易表达的物象，在想象中充满意趣。如《嫁给归龙坪》一诗，就发挥想象，转换角度，以一位新娘的视角和口吻，尽情表达对一座古老村庄的喜爱，这较直接歌颂，就生动多了，言在此，意在彼。

勇平的诗，是在行走，偶遇，突发中产生的。他往往是一事一感，在感动中命笔，因而他的诗，总是感事而生，从自己的内心出发，娄底，敬衡居，石鼓，南天门，武陵源，柴达木，松雅湖，靖港等等，他谓之地理诗。这是他在大地行走的印记。我以为，李白若没有仗剑远游，就没有他那些斑斓多彩，浪漫风流的诗歌，所以，走，才是生发诗歌的源头。勇平正是沿着这条途径，拾捡诗的贝壳。在前人的路径中，他不因袭旧有的陈言，而是充分表达自我认知。比如对衡山的南天门，表达累倦之后的感觉，/我把一双深情的眼睛/缀在你额头上。这种表达，独出机杼，翻出新意。

四十年，能坚守一项并不是他谋生的职业，且始终保持高度的热情，非常不易。尤其是勇平不惑之年后的诗，还保持天真，好奇的情怀，是值得赞颂的。论者言诗，往往并不能理解作者的良苦用心，群观之中，每个人理解又会不一致，故论者只是一家之言，只能为各位读者佐餐一二，诸君是可以在研读中，发现更大的秘密，获取更多的津要。

古人有言，诗可以观，可以怨，可以咏。勇平的诗，我唯一腹诽的是，他有时在朦胧和清晰的边界，不自觉陷于玄学，自然就会与晦涩为伍，它既不会产生朦胧美，反而使流畅的语言阻隔和坚硬，模糊了一些很美的意象。

（刊载于 2022 年 2 月 25 日《湖南日报》）

（梁瑞郴：湖南省散文学会会长。曾任湖南省作协党组成员、副主席、秘书长，湖南毛泽东文学院管理处主任。）

序二：智性及神性的声响

——读胡勇平诗集《太阳掉在海里的声音》

海　上

　　每个人在阅读上都是有个性记忆以及个体见识的。

　　太阳掉在海里了，我没听见什么声音，而诗人胡勇平却能听到属于他所独享的"声音"。无疑，这是神性的、形而上的声音；这也是诗写世界的资格。太阳能"掉"在人类小小地球上的可能性太荒诞，因为太阳是地球的130万倍。因此，诗歌所需的想象可以掠过或者润滑科学的任何角度。

　　诗人荒诞的思维成就了形而上的诗性！

　　人们从来不会批判这种既荒诞又普世的充满诗性谣言的世界，同时这也更加证明人类需要想象的世界来赖以"生存"。

　　一本诗集的命名，多少会透露出作者的心智底色或审美趣味。我说的"心智"底色，也属于我个人的阅读经验，不代表大众观点。我欣赏这个诗集命名，它也是敞亮的，并且十分符合诗人胡勇平现时年龄段的状态，自由情怀逐渐趋向成熟。

　　工作的繁杂忙碌并未淹没胡勇平个性配方中的那份诗化情趣，这份情趣也在诗作中处处呈现、表达……他也会有意识地激活自己的情趣，以葆育自由的心性。阅读着他的诗作，语言文字的感召力扑面而来，我打了一个激灵，要求自己认真投入阅读。在胡勇平的文字间，你能感受到一个人从事社会工作以及与人打交道的处世智慧与方式。

最起码，胡勇平是敞亮的。

万事万物的规律，我们可以用不同的分类认知世界。物理的，化学的，数学的，哲学的，最后是抵达诗意的。太阳的初升、灿烂、炽热、炎烈，直到隐晦，走向成熟的路，并非一蹴而就。诗人选用太阳最后时段的场景，引领世界倾听它掉进海里的"声音"，已然证明了这个"声音"的存在和它的存在价值……

我们看到诗集《太阳掉在海里的声音》，目录被分为三辑，每一辑都有一种卦象，即：第一辑乾卦，第二辑坤卦，第三辑未济卦。这些不仅仅是隐喻，而是转喻、借喻；用卦象剖析事象亦未尝不可。这无疑也是诗人自觉性的示意，尤其是第三辑，他用了六十四卦中的最终一卦，暗合了以上所说的"智慧的黄昏"。

乾坤天地，从哲学、物理以至生存世界，天经地义。但诗人在第三辑择用的"未济"卦却是耐人寻味的，卦象所转喻的事象恰恰正是：太阳掉在海里（离上坎下）。即火上水下，火势盛于水势，这个卦是异卦相叠，故称未济。

事业未竟，君子以慎辨物居方。

以卦象为辑，从中我们可以揣摩出诗人自勉的心气。

第一辑，君子以自强不息。

第二辑，君子以厚德载物。

第三辑，君子以慎辨物居方。

"辨物居方"，是辨别众物的性质、条件等因素，使之各得其所，各就各位。

借喻的意义在于，正本清源，了解事物事象的来龙去脉；明确因果关系。未济，"物不可穷也，故受之以未济。终焉。"此话意为各种事物不可能在终点完结，还会有新的开始。所以未济卦代表"新周期"运行前的过渡。胡勇平，不仅具有情怀，还具备一位职业律师"辨物居方"的思考能力。

"太阳掉在海里"的场景并非世界结束，而是新的周期，明天的太阳会重启普照之能量。这正是诗人借喻乾坤万象，诗写人间的"声音"！

胡勇平诗歌的特质主要有两点（或者归纳为重要的两点）。

其一，就是恣意飞扬地展现自由，无论在诗意上还是诗的形式上，他总是会竭尽个性地玩起来……

其二，是目前诗界最易混淆的叙述构成。口语化的平面故事已经成为众多诗人的回车键式操作方式。叙事与叙述是容易混为一谈的，其实，诗歌所必须掌握的有机动能就是叙述（并非叙事）。叙述是诗意得以充满生机的重要组成，没有叙述的功能，诗意都会僵化。

诗意是形而上的，而叙述是形而下的；诗写最能抵达诗意的应该是通过形而下的叙述，呈现形而上的诗意。

诗意的本质，就具有先锋性；这个先锋品质是与诗意同在的。

我读到一段胡勇平的诗话：

"自古以来，诗歌历来是让人敬畏之物，如果我们承认诗歌是诗人一种特殊经验的表达和传递，理所当然，写作本身这种创造活动就和神秘感相通，诗歌的创作，它应该更像一种不停息的体验，一种持续的经验，日夜不停地在你脑海里发酵，无数种思绪在脑海里盘旋……写作源于对未知事物的一种邀请。让一个个幽闭的心灵渐渐向这个世界敞开。"

如此看来，作为诗人的胡勇平更多的是自觉意识，而不是目前十分流行又十二分吃香的小团体短平快式的"同题"创作。诗人无论在什么时候，都是独立在与圈子有区别、有不可共享的冥想或出神状态。

胡勇平意识到了"神秘感"，于是他肯定会有突然与"神"相遇的机缘！

我从胡勇平身上看到了"玩"的人生践行。读一个诗人，不仅仅只读他的诗作，通过诗作应该能剖析出诗人的秉性以及他对人世万物的认知程度。这也是我看人的准则，我通读了《太阳掉在海里的声音》这么厚重的一部诗集，基本上集结了诗人多年的心血之作。有趣有意思的诗比比皆是，许多作品也是"拔出萝卜带出泥"般地可以感知诗人的思考。

有一首《浪者》的诗，可以找到我以上和前面所说的诗人胡勇平的特质：

"……

孤独的灵魂，正惊梦于斗转星移的涛声

红土地上疯长的世纪风的声音响彻滩地

吹灭了黎明前最后一颗星星

在黄金海岸浪者从容上路

痛楚扭曲一张冷峻的脸"

"趣味"不一定是俏皮、幽默更不是低趣味低笑点的哄堂。

能够称之为"诗人"的人，不仅要读他的诗，更要读他的为人之格、之气质、之个性、之综合价值观。世上缺东少西的人有很多，心智不全的人也可以当官作势，而最终人类的良种仍然是真实地活出自己的人！

借着胡勇平诗集出版之机，说下这些心中所想，可能只是因为我能与之说这些的朋友不多吧；胡勇平的诗人情怀让我感到慰藉，同时也谢谢他给我这个机会阅读（受磨），从而逼迫我在僵化状态下重启思考功能，得以死灰复燃。

2021 年元月初稿

立春定稿　于侘寂居

（海上：著名诗人、作家、画家。）

目录 ◉

序

乾

坤

未济

评说

后记

TAIYANG
DIAOZAI
HAILI
DE
SHENGYIN

太
阳
掉
在
海
里
的
声
音

乾

折情为箫

手，静止在广袤的松风中
那将是谁
在我的音符里栖息

你可是那位持箫少女
披着凉意、和下山兰的暗香
窗外一幢水墨晕开
箫孔倾泻星辉
银河给失陷的峡谷
带来雪崩

你是母亲晾衣竿上
永远擦不干眼泪的手绢
你是风吹草低
一处清浅的水落石出

对你满满一枕的春梦
晨雾中四溅

你的笑闪现在飞天的舞袖里
明明、灭灭
星流的思念在月下箫篁里
平平、仄仄
我看见自己疼痛的记忆
已不再是哽噎的伤口
那是太阳坠海的声音

（载《湖南文学》2022 年 4 期）

骄杨，在一切玫瑰之上

1. 再别湘江

沉重的湘江
悸痛在视野可及的脚下
该是男儿收拾山河的时候了
不同方向的风及边界，爱与真诚
浑然于罗霄山脉
你满眶青晕中的热爱与凝望
心灵与肉体
感觉如血
在光芒的爱中
伫立成相思树和灵魂的故乡

被肆虐的是你的思念
就像月光千百年被文人抄袭
一半被痛苦涂鸦的信笺
一卷永恒的爱情诗章

带着民族百年不幸的总和
带着月光自身的洁白
借着清风
素描永恒的向往
在今晚
湘江水清醇、淡远、浓烈、悠长

2. 夜痛

雪还没有飘零以前
你已被寒意包围
这是怎样的一个冷冬
古老的长沙
龟悬挂林梢
鸟栖身枯井
头随雪花飘下

自由被流放
热爱遭囚禁
骨肉被离散
善良耽于屠刀之反复

你那无以为泪的眼睛
通过涅槃呈现新月之光

永别了润之
从今后只能在梦里
降临在你身边
为妻为母
生命的尽头
空气充满奇迹
为有牺牲多壮志的激情
迎接被命运交还的春天
你如星光一般柔软的绸缎
包扎祖国苦难的伤口
古老的民族如复活的化石
不再以永恒的姿态
僵硬地思考
血已染遍山川
镰刀斧头下
吟诵着改天换地的
红色诗行

太阳出来后，
心便刺骨地痛
远方的人
泪飞顿作倾盆雨

3. 百年骄杨

百年骄杨伫立在一切玫瑰之上

朗照了千年的夏月

如巫山神女敦敦实实地活着

化为千古嘘叹

化为爱情教鞭

雨以惊人的速度扑面而来

韶山的红鹃覆盖深深浅浅的脚印

熟悉的情感让苍生泪流满面

一杆指向未来的鞭梢

一粒点燃星星与激情的火种

至上的骄杨

你用血涂红了天空和音乐

在你身后是郁郁的丛林

丛林的背后是华夏海啸般的回音

所有年轻的眼睛

态度虔诚

跪在你的面前

吸吮着你骨骼中足以浇灌季节

和未来的宝贵精髓

你的安详穿透了原始的教材

把深深的无法形容的高贵揉进风里

把殷殷的看不见的希望种在泥里
静悟了的太阳
映照了共和国疏朗的白杨林
和草垛似的童话
把你百年的笑
跟春天比比
哪个更红

永远的大雁

——纪念昭珍姑妈

请允许我这么平静地追思您，姑妈
我知道您已经真正老了

脚好疲惫
心好沉重
您本是一羽大雁
只想收拢双翅在人间作片刻停留
却因为一个情字
相夫教子，儿孙满堂

这只大雁在今日凌晨五点往西天飞走了
留下绝代的风华在这清冷的冬日
美丽、苍白、辽阔、悠长

我眼巴巴地站在北风中
目送着这一次灵魂高贵的飞翔

注：此诗作于2015年11月，昭珍女士忌日。

阅卷

翻开一页一页卷宗
就像医生的柳叶刀为苦寒的事故剥皮

办公室的墙角，茶花树
用曙红色的绽放
睥睨着扬长而去的时间

律师与公诉人对峙
正义与罪恶对峙
自由与囚禁对峙

大寒三日要出庭辩护，周六的上午天气不好
所有的事物都霾了
而我的视角必须无比痛苦的清晰

一群老友的聚会

——写给《第四代诗》友

酒过三巡
其实说什么都很多余
一起去吹飘进院子里的晚风
平躺在石凳上写诗
为了不哭而大声地笑

诗人们安静地等待
一朵莲花突然开放
有人忍不住嚎起来
像没娘的崽

都喝成了这样
索性再来一杯
干掉杯子里的阴谋

上帝挑着一盏灯

——献给林曼先生

上帝挑着一盏橘灯
东走走，西走走
漫满天的星，极像众生的掩体

无需向谁证明这个夜晚可以一起呼吸
井水、河水、海水
都在摇曳着这盏橘黄色的天使

能清规戒律地活着肯定是奢侈
举杯，切月饼，把你带到天上去
为把酒问青天的词人守漫漫长夜

借道

一天到了此刻
只剩下天宫寒月
道声晚安是最后的甜
所有的星星都到此
堆积成温暖
辽远的群山安睡

秋风、菊黄
城外的驿道
迎着万千落叶
裹霜扑面

在晨光到来前的一刹那
借一条路
安放自己

或者其他

懒得理你，不满意就去朝天空吼两句
不要在我心情不好时给我打电话
选择对峙，三月的阳光怎样潜逃
有人敲门，空闹的声音如贝多芬的命运
夜里，邻居小孩在拉《花儿与少年》
我在夜色中总结战果

父亲在胡家祖坟里托梦
要我给他"造"一个孙子
他的眼神衰朽不堪
我轻轻地安排老爷子坐下
请他不要惊动娘和弟妹
我泪流满面
我在枕边放着手机，车钥匙，换洗衣服和盘缠
等外面的雨停了就走

九月九日见山东诗友江涛

大明湖、趵突泉、秋天，相见的日子
有酒有话题还有儒雅的先生
仿佛王维只是打了一个盹
遍地的菊花便金黄金黄地开了

重阳日的济南，我们以异乡客的名义举杯
泰山的泉水云朵般，从天而降
秋水斑斓
我没见过茱萸的样子
这个植物如山东的大枣
甜而又忧伤地打开聚而又散的城南往事

一个人的正义

在那个铺满大雪的早上
你踩着风叩响了我的眼帘
我的手停在门把上
你在门外央求着
一只孤苦的白色鸟绕树三匝
无枝可依

我想把你迎进来
听你诉说早已流传在街头巷尾的话题
我知道你的儿子是为了给年迈的邻居奶奶治病
才出来做贼
居然还是偷了律师的钱物
但不忍心看这邪恶和善良只隔着一层薄薄的玻璃

我终于没有打开门
像一只趴在玻璃上的知更鸟看着你的背影
我给那位奶奶寄出了一个季节的粮食

给法官写了一封谅解书

完成一个受害人的正义

注：我律师生涯里最无厘头的一件事，偷我钱物的小偷，要请
　　我做辩护人，有感而发。

大姐，你又憔悴了

——献给迟凤生律师

大姐
刚长出的白发里
已经写出了你的千山万水
你一直在给这片村落寻找炊烟
你让我想起了小时候
妈妈给的第一张压岁钱

北海、小河口都是很诗意的地名
自这些地方被北风肆虐以后
我一直不敢看你的眼睛
我一直看着天空
期望着有一场雨
一滴挨着一滴
洗尽你满眼的雾霾

真理一直笑在你的心里
你也许不懂我为什么为你写这首诗

因为我不想痛
我不想看到历史向你认错

我还是喜欢看你一脸的慈祥
大姐，不是我有意识赞美你
我一抬头
春天就和你一起下江南了

从冰中取火：人墙

1.

拳头很近，正义不远
公审的广场里警察隔起人墙：
这边是愤怒的被害人
那边是作恶者和略显狼狈的辩护律师
孩子仰着天真的脸问：
爸爸，警察叔叔为什么要保护坏人呀
长大你就知道了
不，我现在就想知道

2.

血肉之躯筑起这道冰冷的墙
阻隔着喷向作恶者的怒火
尽管出场的警察满心鄙视和屏蔽词

法律的阳光却像一张不偏不倚的网
菜刀，拳头实现的复仇
只能让义愤之中的无辜，陷入困局
接受审判才是正义的达摩克利斯剑
一道人墙，是从私力申冤向国家审判的嬗变

3.

让恶人服法的法槌响过，重归平静时
人间也就重现所有的美好
警察筑成的人墙捍卫善良：
已为恶者不能再犯
想为恶者不敢来犯

让我走吧

让我走吧

有那么多誓言已被泪水浸泡

有那么多梦被流放

有那么多渴望旌旗蔽日般包围过来

有那么多阳光成为我的道路

让我走吧

即便每一个秋天都是死亡

我不在乎明天的太阳不再温暖

即便星星铺展的风景不再属于我

我也情愿走失

让我走吧

趁这双手还能作疯狂的伸展

趁岁月的烟尘还未铺满空白日历

趁最后的春光还残在半截子

焦枯的枝头

趁远方的丛林还为我留下一个季节的生动光辉

让我走吧

我该让坚定的足音

叩响午夜星辰纷纷流逝的路途

我该成为雪原上的职业枪手

以真实的赤裸

抢劫风雨

我想要这样

我想要这样远离你的黄金海岸
流浪的姿势呈给候鸟搬迁
目光引申
我发现你的瞳孔里
波涛汹涌

我想要这样举起右手
大面积切割理想
词汇的一半修饰爱
另一半表达思维
在宁静的月光里观察自己
然后转过身去
任背影潇洒地长成丛林
这时候
你就是一支萨克斯管
任我吹奏

我想要这样远离你的视线
变成一条美丽的响尾蛇
以最快的速度
完成奇袭
可日子如你
似雁儿掠过林梢

我想要这样让目光生蛆
步履艰难地跋涉
行李扛在肩上
回过头时
发现自己在地平线尽头

星期六早上的律师

岳麓山，枫树在春风中摇曳
现在
我想拄一支长号
或者，干脆摇滚
我不满是因为今天早上街坊在腹诽正义：
拎着一袋烤红薯南征北战的忧伤
对着警察大楼朗诵人权宣言的无奈

体面被撕得稀巴烂
时尚顿时变成褴褛
槛外，湘江空自流。现在，我想和你举杯
或者，干脆骂娘。我悲伤是因为我开始老了
我等不到春风，更别提在春风中优雅地死去
尽管，我有一枝美丽的笔

果子红了

——六一儿童节写给我的孩子

泉水叮咚的时候。梦被笑醒了
粉红色的睡袋
和小果子
交接着一天的无忌

窗前午后
跌跌撞撞的童年被父母扶着
多年后
有这么一对姐妹
承欢膝下
又干净
又阳光

秋的屋顶

有的时候

真想自己是几茎散淡之秋

飘着落叶和鸟

孤独是岩石多于绿苗的幽谷

放飞一只洁白的仙鹤

把宋词里一分为二的相思

衔给你

合为一个春天

有的时候

梦是一盏灯

夜夜引我如蛾虫扑火

月光如梦碎成银子

让我从伊人静水的眸中

找到这流浪之秋最后的屋顶

有的时候

你就是那雨打芭蕉的声音

借风细诉

凭雨哭泣

蝶梦烟立时

残杯送君

明朝苏醒又有谁来送我

在自己的命运中

或是岩洞可以栖身

或是野果可以果腹

更多的时候

我就是遥远处清冷的萤火

在岁月之源为你而吟的诗

熠熠闪烁

异乡擦肩而过的流星

我真想幻变成你门前的常春藤

不再寂寞不再伤感不再悲幽

不记风雨潇潇不记月白风清

约酒

有没有人告诉你，经常看见我
想你时微笑，转身时流泪
相思从来就没有老过
我是你酿的一壶酒

这应该是一个有阳光的下午
我南行归来
街上无数的人走在前面

其中有一个背影被我喊错
然后，就想和你约酒

你的衣袂在阳光下轻拂
你此刻醒了没有，心情好吗
竹编的玫瑰选择了最想要的盛开方式
于是
我仿佛看见了夜色里的你

酒是这个世界最好的馈赠
我端起尘世最好的一杯
当你侧身看身后的我
当你也端起一杯酒
对我说：老胡，好久不见

戒烟

夕阳向晚

心事沉落西山

孤独的男人是一截香烟

启蓝色的悲哀

落白色的回忆

秋季踏过枯草坪地

所有的欢乐

被步成黑色风景

女友几次劝我戒烟

我一面信誓旦旦

一面等候在寂寞园

我静静地点燃自己

水分蒸发后是一条深深的血迹

寻梅

冬天
把春的消息
开放成蜡梅花
在游子疲倦的心上
在游子疲顿的脚印里

冬天不是爱的季节
把每一种乡愁
开在妈妈的纺车上
开在故乡荒凉的山冈上

这一晚，我梦见
一串脚印
在延伸
向春天
向开满蜡梅的故乡

陈皮：花儿上

种在高堂之上
长在卧榻之傍
熟在绕膝之下
名在江湖之远

如娘为我行气健脾
如妻为我祛湿化痰
如女为我降逆止呕
如友为我治病疗伤

明知阴虚不宜多食
却难戒贪嗔
还没长大，就已老了
一生因你，偏于温燥
不负南墙，花儿上

这个冬天，
中国的雪都在送这个忧郁的孩子

天寒地冻
夜凝成了霜
汽车碾过冰雪
连同大地一起哆嗦的还有手脚

茅侃侃被冻住了
发不出声音就选择永远沉默
也许是一个战败了的将军选择了最后的从容和周全

我想说的是，死都不怕还怕活吗
冷得生无可恋的时候
就和妈妈打个电话
或者干脆谈场恋爱
心就暖了

万里之外，73岁的外国员首又办喜事
他搂着青春，你搂着黄土

归去来兮

——给洛夫先生

请容许我行遍江南
帮你寻回荷叶田田最最温婉的那一朵
请容许我，在迎你回家的路上点一堆堆不灭的篝火
然后在红砖碧瓦、人影骤停的街道出发

归去的路上
我做个书童
帮你寻一个小镇住下来
寻一个温柔荡漾的地方饮酒

静下来听——

归去来兮，老友将芜
让那一座山再飞一会
看人世间的爱情，在床底间挣扎，闪烁

魂归故里，这次回来以后就再也不会离开了

泪水流淌，三月的江南烟雨中
衡阳的诗人们淋着雨
跪迎在青草桥头

请容许我坐在你左边靠后一点的位置
读你的诗，听你的故事

在冬天，不要忘记拨云见日

1.

有雪的日子把手伸直
与门前的溪一起冻成了一堆骨头
在月光下粼粼闪烁，暗香盈盈

以为企图可以不露痕迹
没想嘴角的得意溢出，枕边、路上、梦里到处都是
明白你的眼神才是我此生的暖处后
我的心绪平稳，任门外风雪狂乱……

2.

冬天，有阳光也冷，但你的名字能把脚焐热
我的眼泪落入你眼眶
透过你的发梢，回看天际，白云苍狗
伫立成相生相克的风景

3.

清风拨云
开门就是既清且亮的波涛，柔软洁白
试图让这个季节的风和我一起人走茶凉

原野啸声响过，一匹老狼淌着鲜血
从玫瑰和刺中走来
最后的结局是一段冷香从我的脖子飘出
来年花开深处
你的手心、你的笑容就是埋我的蜿蜒山川

别告诉我妈

报名了
写了请战书
要出发了
出门装着一副若无其事的样子：
妈我走了
妈在厨房里应着：
早点回来

脚步往疫区迈
心却跪在了妈妈的跟前
家里只有我一个
这次要是真的回不来了
这妈怎么活

妈妈，这里也是战场
敌人一点都不亚于端枪的鬼子
过去的鬼子要我们亡国

现在的敌人要我们灭种
穿了白大褂，我就是一个战士
妈妈对不起
孝是百分之一百的情
可国家遇到了千分之一千的事
忠孝之间我没得选

累也累了
苦也苦了
危险时时看得见
但我不怕，妈妈
除了身边的战友
还有十四亿颗和我们共同跳动的心

淋了这场雨
最冷的天也将过去了
带队的头问我有什么愿望
一是好好睡一觉
二是别把我来这的事告诉我妈

城堡

蝙蝠张开茫然的翅膀
作别琥珀色天空
淡紫腥色的客栈里
月亮沦陷

空气中的呓语和签标
是城堡孳息的虫蚁
贴满痴男怨女的春梦
梦所诠释的
正如一个女人从透明的
镜子袅娜地走近你
虐待你

上古的图腾
招安阳光照不到的地方
朔风把城堡的情绪撕扯成
片片白絮

汇成脆性的流云

浑黄风铃叮当成窗外
唯一倒挂的春景
白色鸟义薄天堂
感冒一样遏止不住的
是城堡的困惑和忧患

房门外迁徙的鱼
沿街灯走向漂泊
黄鹤楼上的迷彩
掩饰即将坍塌的围墙
阴谋此城的人
分明所见历史如磐
灯火辉煌处
骤然心悸于滚滚红尘中

一位叫猫王的兄弟
浪迹此城
在临街的墙打下无数方孔
挣扎着
辉映世纪末最后的钟声
猫王在为后世子孙

下生命最后的赌注

不驯的子民被西风
煽动
繁衍在北京猿人头上的秀发
投靠另一个灿烂的阳台
城堡张开无数的触角
像叼过非洲饿虎的昏鸦
用混沌的节拍
敲打天下所有的瞳孔

阳光肢解城堡时分
老鼠举起抗议的手
然后逃离
一只寒号鸟发布新闻：
本城午夜
会被一只从西方来的三眼狼
重新殖民

一群诗人的爱晚亭

兄弟，岳麓山上点一簇读书的篝火
我想起又一笼包子，蒸在你的诗中

一排竹子，黯然在爱晚亭前
如卖火柴的丹麦小女孩
想着从文字里冒出的炊烟

顺着山风，夹在书中的气节
飘在是是非非的幌子里面
我说，当年那碗青春的酒呢

我一次又一次洗着手
想远离这一些开花的汉字
你却将这些搬进了我的清梦中
夜夜歌舞，这日子还能太平吗

既然湘江的水能写诗也能洗脚
兄弟，不如就让爱晚亭的诗
空谷幽兰

天堂笑

——纪念陈元初先生逝世一周年

少不更事的时候，您的长子是我的老师
因为写作，您又是我的先生
两代人的教诲纯净之水般浩荡
天上皎洁的月光，伴我穿过四十年的沟渠，花香
人说三代不敢忘媒，九代不敢忘师
今生该用什么样的文字
才能礼拜十八重泰山般的师恩
去年过完中秋，您就走了
拜别时
您音容笑貌上分明写着一生
撑起两根穷骨头
养活一团春意思

若无其事地看着山，突然泪涌
缄默、低头。思念中找到您的笑脸
多慈祥，看着我，我的惆怅连同无边无际的秋天
拿出两小时旅途，写写想念的您和所有的获得
先生，此刻我的耳畔仍是《智斗高桥》笑灭倭寇

偈蔡松坡

无论从哪个方位回到长沙，一抬头就是你了
在停车坐爱之前，在一切玫瑰之上
旌旗十万，掠心夺魂，一个王朝掀翻的马蹄声
庄严，如血

你笑声爽朗，你汹涌澎湃
牵着小凤仙的手，去到民国的松柏下活色生香
一个世纪以后，英雄沉睡在山里，最悠长的挽歌

拾级而上
这七十二峰最浩大辉煌的结尾
已经成为历史最敞亮的埋骨
我拿着一本书，口里衔着笔
反复专注着山下问路的蔡锷

爱晚亭

昨天相聚，往时间里填的，都倒映在
天上、枝头、草丛、和山猫的眼睛里
抑扬顿挫的杜鹃布谷声中
长芽的万物，记载着才子佳人
松坡、天华的所有爱情
闹着，笑着，我们看人间的海枯石烂

一阵风过后的彩虹里
分明就是如画的江山
五月的栏杆潮润美丽，无情地发霉
喝着喝着，阳光便一匹一匹地往下掉

我还举多少杯
放开枫叶、明天、杜牧，请让我做回一只醉猫
朝前走停车坐爱
转回头春意阑珊

长沙书

走到你面前，就走不动了
月光有毒
掉进酒杯里浪得不成样子
你看着我笑时
你也有毒
掉进你的眼睛里醉得不成样子

花在雨中，开出义茶亭的等待
我失骄杨君失柳刻在识字岭上
过路的人隐隐心痛

夜，像写给你的诗又被撕掉一页
我知道我的诗拴不住你
我保证以后用你最喜欢的方式牵你的手
就像小时候你哥哥带你去买糖
现在，在离你不远的地方，我和衣而卧
边做梦边给你写诗

满纸云霞武陵源

水绕四门，一听到这个名字就爱上你了
波浪、雨水和荒草萋萋的绿洲
绕来绕去
日子渺小，叮咚的泉水全是幸福

十里画廊是大自然的神机妙算、良善之心
我却只想看一只年轻的大猴从岩上轻轻跳下来
趁他盯着我的花生米的时候，偷他一份可爱

看着黄龙洞的定海神针
就想起一个美丽姑娘的名字
谈恋爱真的辛苦
不如我们结拜兄弟吧
拉钩上吊一亿年不变

夜宿宝峰湖
皓月当空，一朵云都没有

水中倒映着月亮全部深邃、孤独
我双手合十，成为光影里唯一的慈悲

我终于害怕流逝
看到的一切终成白纸
于是在离开武陵源之前写一些有关秋天的事
比如猕猴桃的保鲜是多少天
车很慢，阳光很好
能不能还留我住几天

农历六月，看友善兄千亩稻浪

千亩良田，被风吹成稻浪
芬芳一层又一层
叠加成我的一次再一次的回首

盛夏
穿过荷塘，斗笠，小舟，蛙鸣
一甩杆，就是一湖的心跳，满舱的喜悦

柳叶湖风平浪静
岛上砍柴的刘海，还有不知去处的胡大姐

天，翻着热浪
举目间，却是白云蓝天
炙热的大地
西洞庭的干净与沉静：风吹稻花香两岸
儿子，老子，耕读，一壮一少的足迹
踱向远方

望城一日

从洪荒到今夜。你守望为谁
远处湘军的橹,摇一江的剑光
谁家的妮子,折桂而来,幽香绵长
找只石凳,读靖港
舒展,就是一把纸扇;蜷缩,也是一朵记忆

秋渐深、夜比水凉
云在云中,月在月上
又闻到汹涌的麦香
望太平街的屋檐
望岳麓山的忠魂
望湘江烟波浩渺,扬帆古今
一个叫雷锋的战士,扛着枪守望善良

望一座城
如同等待灯火阑珊处一个寂寞的微笑
沉默,挣扎,相守,假装不懂等待的意义
望城,只有相聚欢,没有离人泪

山中，有一片白色的碑林

——题云南麻栗坡烈士陵园

在这里，千百个母亲的呼唤凋零了
在这里，千百个十五月亮的另一半陨灭了
你们用青春和剽悍的躯体铸成了
一道共和国最灿烂的山梁
一道让入侵者永远胆寒的界碑
血阳残照，染一山壮烈之风
是你们，从血污中打捞起沉甸甸的国土
是你们，在战火和硝烟中
用承接清露和鸽哨的年轻肩膀
担起普天下的痛苦与不幸
是你们，在潮湿的猫耳洞里
掏出未婚妻的小照
从她的笑眼里找到自己的骄傲与神圣
然而，你们终于引颈喋血
岁月和爱完成了最辉煌的涅槃
哀思，岁岁年年下在清明的细雨中
母亲零乱的白发被西风年复一年踩痛

故乡的小河日夜流淌青梅竹马的恋人的泪
在这里，我真不敢游说真诚
怕被碑林推回来碎成羞愧
一群粉白的鸽子在白色的碑上轻轻放歌
为古老的方舟衔来福音，祈求——
和平

嫁到归龙坪

武水河流到这里就拐弯时
媒人告诉我：归龙坪到了
抬头，看见我的情郎持锄立于那茂密的竹林深处

古老的村落在他的锄下苏醒
河水潺潺，骡马安详
静谧的村庄被一群采风的诗人打开
今天天蓝云白
今天油菜花和映山红交相辉映

诗人说那是灿烂的颜色
村支书说是我们归龙坪的颜色
我的情郎说：这里没有玫瑰和丁香
这漫山遍野的是我们老百姓的报春花
告诉我的龙归坪，春天来了，该种粮食了

飘香的乌梅树下

村里的嫂子告诉我：这里夜不闭户路不拾遗
嫁进来的小媳妇从不回娘家过夜

百年堂屋前
村里的老伯告诉我：
龙坪村没有纠结也没有纠纷
这里的司法所不调解一个案子照样是全国先进
警察和律师在这里全部失业

桥头的奶奶告诉我：
归龙坪的小伙子都不进城打工
他们不进城蜗居，不到城市的桥底下唱《春天里》
农民离开了土地还叫农民吗
他们种地、养猪、喂鱼、摘乌梅
把最干净、生态的吃的卖给城里人

满园蛙声的归龙坪之夜
嫦娥挑着橙汁般的月色
倒进了我前生后世甜甜的梦乡
就这样，嫁到这里吧
给这个归龙坪的男人做一个乌梅树一样的新娘

诗书洞阳

洞阳热闹起来

热闹起来的洞阳，有了一群采风的诗人

这个时候，你离孙思邈很近

他为你熬治相思病的药

这里的狗很懂事，咬过吕洞宾以后

就不再咬你

隋炀帝做了一辈子昏君

居然能在这里敕封一个灵魂的书房

穿透山谷的梵音

沿江而行的剪影

道观中斑驳的岁月

除了眼前诗人，谁还能解读满山的风情

隐山有濯，真道无私

做蒸菜的嫂子哟，你可还在怨恨离你而去的韩终

我不知道，二十四洞里修行数雨的韩郎

如何会舍得这绝版的洞阳，让自己客死他乡

你身后的江南，在这青山绿水的四月天里

我会遇到悔不当初的韩终
还是油纸伞下丁香一样的姑娘

洞阳多水，多山，多故事，还有
村头让天下男人叹息的昂首挺立的乌龟头
请来洞阳，无论是伫立，行走
或者凭栏发呆，都会是你人生最好的风光

相思豆

生根、吐蕾
生死场上
你结出士兵的爱

很久以前
你也许并不拥有这个名字
只因为
千里之外一双纤细的手
用你排列着分别后的日子
只因你随一颗姑娘的心
飞出了老山
在烧焦的战场上
英俊的长成士兵的福音树
岁岁年年结一种果实
——相思

今夜

今夜娄底有清凉，有金属般的友情
背影阑珊、灯影过剩
三杯酒以后他们就开始编排理想：
他们一直在为人民服务，却讥笑我
我执酒不醉，让他们看我书写的正义

我曾经企图在这里找一份爱情
这两个家伙一个比我帅，一个比我有才
那些日子我像卖冰棒的孩子
在通往幸福的路牌前吆喝未来
我决定和他们分道扬镳去赚更多的钱
就在我转身的那一刻
他们说，把帽徽上的誓言摘下来
我冲他们扬了扬拳头
今夜，我把他们灌醉了以后潇洒写诗
明天一早去他们办公室讨论一些老百姓的事

独倚衡山南天门

累了，我真的累了
高大的南天门
把我揽在门槛上
苍穹不动声色收起云影
远树含秋
山色呈金
留在我心里
绘出生命的画
南天门啦
我把一双深情的眼睛
缀在你额头上

从衡山归来

从衡山归来后
反反复复做着同一个梦
在万丈悬崖边
牵着你的手
飞身跃下

敬衡居空旷的夜色里
三个唱歌的梦和着一个均匀的呼吸
我知道远山上的流星带不走什么
我知道好大的脚步却不懂下山的路
我知道有一朵花
能够让苍山疼痛
但我此时住到了白云生处

像一群互相梳理羽毛的鸟
转身看见你不曾给我看的那颗雪松
仿佛如洁净的你

裸体丈量我们之间的距离
禅院钟声里
谁的长发
在墙一角幽幽地唱响妙曼
千年古刹的外边
站着你及你背后的秋天

从衡山归来后
反反复复做着同一个梦
在万丈悬崖边
牵着你的手
飞身跃下

石鼓响

我盗用了父亲的名义敲痛自己
耒水
用它的清澈，说出风起于南岳的雾凇
起于石鼓已经擦亮的声音
起于重归安静的露珠
月光如水流经我的躯壳

它奔流，允许声声琅琅读书
多年的笔墨等在雁城
允许北去的湘江
突然停住
光阴缓慢，我们都变成更好的人

石鼓无题

胜地蒸湘山水合，真儒唐宋七贤传

——题记

李宽、李士真、韩愈、周敦颐、朱熹、张栻、黄干
都来了，一个个鲜活的面容
立在时光的水岸
赴千古流动的盛宴
风景旧曾谙，你我载酒中流
月色之下，看七个书生翻阅线装的衡阳
累了就在石凳上躺一会儿
在蒸湘水声入梦，抱橹声醒来
溯卅六湾波涛而上
听鼓角午夜，看船山灯影

恬静、清幽、恍惚的石鼓书院
可是我前世的故乡
甘建华一定笑我：

睹秋水来者逝者，伊人宛在中央
时光深处，一声微微的叹息
喝茶的诗人陈群洲说：
在这绝版的江南，会看到唐人李宽的书童
还有丁香一样读书的衡阳姑娘

麻阳摘橙季节

一只火狐此刻在山路上打坐成佛
将清晨和丰收盘踞
初冬的山风温柔颤抖
唱支山歌
才可以通过

漫山的橘黄是爱吗
千里驱车
我只摘一橙
你的缠绵已击碎我的后背
摘橙的手比丰收还红

冬雨还未飘起便沉没了
我们炮制最幸福的灾难
天边那双饱含笑意的眼
是专门来看你的

我到此时丰收的湘西大山里来了
我到此时金色的江南丘陵里来了
我到此生再也无法突围的幸福里来了

一滴橙汁便可以甜透人间
何况还有我这首诗呢

在深圳想起一些事

在裸露着阳光的深圳
吃海鲜，和来自全国的同行拨弄律师业务
就像每人拿把钳子翻烤炭火上的生蚝
突然想起飞机上
打盹的一群律师兄弟
及他们前去营救的律师兄弟

在深圳勾兑业务
想钱和尊荣以外的事情似乎是有点宝气
前海、深港合作、法律服务
许多人为了理想或者金钱
整齐地祝福一个叫作甘明勇男人
和我的博士女同学陈亚莉律师
我举起双手表达敬意
就像蛇口的月光
包封着一个世纪的涛声

海面上的鹰，正顺着我这个写诗的早上
寻找那条被颠覆的船和死在船上的几百个老人
一只乌鸦如我的惦记
在三峡的峻岭里飞
匡扶正义是母亲刻在我背上的字
此刻，我却在搅拌着满堂金玉合适吗

在深圳，满街豢养的高贵一尘不染
而我只能回去做一个俗人
读书，写诗，帮人打官司

北京一夜

今夜天蓝，白云深邃
江山西行，功败垂成
读书、下棋，在手掌心划道口子
抹红天空、枫木，和少女的脸
却从不知道
有一冬的雪因你飘落

斗笠山，杨家滩，富厚堂
手冷脚冷，苍狗落肩
喜欢辽阔，却经不住红颜撩拨
光阴折于蹉跎，止于擦肩而过
止于此时此刻，吴三桂怒放的
河山

借一匹马让我牵着
沿着长安街赤足，认真地向城楼上的伟人敬礼
再借一壶酒

洗净铅华

云卷云舒，酒慰平生

我降还是不先降

——这催魂索命的招安

无人知晓

满城的冰凉

待来年春天，近在眼前

笑谈身边的离人泪，美人心

耒阳：让我活在青山绿水里

在秋意阑珊的蔡伦竹海
我们喝酒、耍赖
笑叹天下文章竟是一个宦官的手艺
这一山的狂乱中
诗人和琴童挑灯过冈
唤佳人不语

一只飞过千山万峦的鸟说
翅膀才是诗人的未来
如果你愿意
我陪你一起飞，一起遐想，设计诗歌，然后像
知更鸟一样填饱我们相聚的日子
可眼前的风景是一种肝肠寸断的暴动
风吹、竹海啸
栏外的耒水上飘着的不是一江秋水
而是你转身以后，想死个人的泪珠子

原以为回到了泉水湾就万事大吉
可紫霞禅寺能超度我们漂泊的那颗心吗
看一袭红裙闪进竹林中
被秋风吹拂的你
盛开着怎样的妩媚

我们被风吹响，被云偷窥
被四面八方竹林包围
像两个幸福的旅人
一起凿开盛满酒的竹子
佛说：请相信，
青山绿水只是一种简单的相逢
有一种善待，
不是朝夕厮守，而是过目不忘

黔之驴

——于贵州红果至水城车中

回头是一个念想，也是一个态度
走得再远，你也得回头
一个绝不拖泥带水的身影
如云贵高原的清冷

蒿草一样的男人，长成了剑

雁南飞的翅膀，扇开菊花朵朵
既然不必再为一条雨巷撑伞，不如挥动刀笔
无论天堂地狱
为你开路

少不入川

蜀道难，我披着白云看巴山蜀水依次向后退
一块很大很嚣张的坪迎接我
从天而降
武侯祠前我冷眼瞅着那个摇扇的村夫
战火和硝烟如堂前的野草
都很茂密

成都律师郝学余主任
如民殷国富的刘璋捧着一方玉玺静候在那里
散发着智慧和成功者的苦笑
宽恕才是最高贵理解
羽扇纶巾在

都江堰的碧波中熠熠生辉
我被华丽转身的背影所震撼：
一群战胜了的狼对最后一只羊放下武器
此刻端起的酒杯，远离功利
没有人敢评价我们的相遇
让麻辣烫在你的酒窝里

巴山夜雨

归乡的路总在黄昏
灯光之下，巴山路遥
一闪而过的窗口，寂寞望不到边……
列车飞驰在一场断肠的微雨中
苍凉，孤寂，悠远

看枝影横斜透过车窗
在潮湿的玻璃上一遍一遍写纵横的心事
风一遍一遍呼啸着擦掉

看不见你的朝朝暮暮
手机陪着我，和你做温暖的对话
我微闭双唇
雨终于停下来
你站在站台
轻声说：回来啦

玉屏箫

气息一打开，山里的竹子就响了
长长短短，是洞穿后的情感，悠扬

这不是山风在乖张，我和我的爱情
经不起长久的寒风，潇潇
能剩下一些音符，刻江南丝竹
复制我身体的疤

亲，我们已摈弃了恩义
我们匍匐在竹海的最下端
月光，赞美，山花
这一路，我们不停地前行，起身
我不停用额头叩问我深爱的你
这一路，我们霜露结发
听到巫山低吼，云雨沉吟

那些长长短短的悠扬
是我们剃度过的爱情

柴达木盆地的诗歌

人间百味，从盐开始

——题记

一万年，或者更长的时间
诗和盐是上帝的一对孪生女儿
私自下凡来到柴达木盆地
赞美诗唱着：诗歌是世上的盐

诗句就满溢了盐湖
大把大把的盐，填满了柴达木的夜晚和心脏
雪白雪白的盐，千百年和月光一起清冷寂寞
直到一位诗人把双臂打开
让伤口在静寂的盐泽中翻滚：

疼痛，深邃，沉沦
荒芜，渴望，挣扎
安静，剜出诗与盐的盆地

柴达木

从此凡间有了味道

从此尘世有了爱情

在刺骨的痛中保鲜

吐鲁番的葡萄美酒

最聪明的你种葡萄
吐鲁番阳光映雪，沙暴封甘

吃不完的葡萄也不给狐狸
让它远远地馋着
绿洲水潺潺，陶罐酒醇醇

窗口，有葡萄园的阶梯和
墙内
等待风干的果子
我独步进去，寻找你笑的样子
马上，琵琶催着归来的脚步

也只有端着夜光杯的我
才会停步，羊皮筏子
渡黄河翻滚的相思

怎样才能够把一辈子活成一架葡萄
横行亚欧大陆，寻一处庄园酿酒
等到月圆之夜

你可以端一杯红酒，我可以在你的心上写：
人是天地囚，唯有酒作酬

驻马店：又见大平原

又见中原，一个逐鹿的季节已飘散
那些冰冷的雪花，融成了春天
漫天的尘埃
和一群远去的背影
煅烧为砌青史的砖

此刻，我在现代文明的站台上想象
自己是一个清道夫
让习惯阴霾的眼睛该如何
应对蓝蓝的天
南中原
在下着一场
忧伤的杏花雨

一阕笛音
在那空旷的天底下
忧伤地

哭

此时，我倚在古老的城堡下
度量纷扰的思绪
四野青青
看见敲窗问月的异乡客
抱着千年吹黄的宗卷
我笑着抹泪

欢喜胡杨

我自带月光想去敦煌
寻找飞天袖里遗落的花香
不料错脚走近了天堂
满眼尽是缪斯褪下的羽衣霓裳

我翻滚在这世间最舒适的床上
做你倾国倾城的新娘
像月牙湖一样打开自己
让幸福对峙沧桑

听见大漠对我低吟浅唱
我们一拜天地、再拜高堂
抬头看你时才发现
这金光闪闪的胡杨
每一株都是世间最美的情郎

白糖老冰棒

今夜，在异乡的街头吃重庆火锅
我们干杯，服务员送来白糖老冰棒
内心竟有些颤抖，思绪弯成一缕无际的炊烟

当年青春熄灭后
交出忧伤，索要快乐
现在身边的你，剪一窗诱人的江山

秋来了，炎热还没有退
没有冷气的地方无处躲藏
打开房门，小立。月光跟随

巷深、人静，吆喝声阵阵徘徊：
冰棒三分吻

香港，所有的紫荆花

1.

拐过许多弯才知道
这城市己找不出比你再美的
比如玫瑰，郁金香
即便是开着五瓣丁香花

走过许多路才知道
这盘踞在大街上贪婪的罂粟
都带着潮湿的毒气
一百多年都没有散尽

饱经许多咸湿的海风才知道
原来我的爱情就是你
开着欢快和忧郁的花蕾

2.

别对我说有澄明自由的风
从海上吹过来硝烟难道你就忘了吗
别对我说有举目皆是的尊严
蓝眼睛里流出的不屑难道你没看见吗

我的紫荆花用朴素击倒对手
善良独坐于内心

3.

盈盈满满的春天就在明天早上
早点回家睡吧

少年壮志不言愁

你不如电影里的警察英俊
你的故事也不是时髦的侦破片
你只是一株平凡的橄榄树
为身后母亲的微笑
遮阴

无数深不可测的夜晚
你不怕驶进死亡的误区
而打捞起温馨的黎明
在阳光照不到的角落
你却是阳光的芒刺
扎进肮脏的灵魂

《十五的月亮》流行的季节
你的妻子把担心和寂寞
哼成泪中的摇篮曲
母亲祈祷的心正化作一轮明月
披上你的全身

同样是妻子
同样是母亲
你却用自家的残缺
赢得他家的完整

我不想唱空大的颂歌
但愿所有的云朵所有的星星
能如实记录你生命的历程
但愿你大檐帽上的共和国
踏着你额头上
一级一级的皱纹
上升

不死的刑警队长

你没有死

你用血肉之躯挡住了罪恶的枪口

和当年黄继光舍身堵枪眼一样

成为儿童节里的一束鲜花

成为溢出芬芳的诗篇

任不朽的岁月

沉重地翻读

你没有死

你用生命保护下来的那位少年

拾起脚下滚烫的弹壳

伴着悲壮的旋律

吹圆了月亮

吹绿了小草

吹开了母亲的笑容

你倒下的伟大躯体

已被无数灵魂扶起

高高耸立在中心广场

我没有见过海
见到你便认识了大海
见到你便想起雕像一般的群山

队长，太阳一样辉煌
太阳一样沉默的
刑警队长

秋日，邀金柱喝酒

杯盏碰响
在秋意阑珊的江南
喝酒、耍赖，笑叹天下闲事
撰写这一屋子的狂乱
文人和书童挑灯过岗
佳人不语

求饶，还是摧眉事佛
这不是九月的南岳
湘水浪涌，大雁低飞
望眼，天空聚拢的秋蝉
红袖招少年

太
阳
掉
在
海
里
的
声
音

情漫湘江

你是怎样绝美的诗行

清澈静柔地潜入我的内心
没有双桨
没有青草更青处的溯漫
只有弱水三千
秋天入口的蝉
紧紧捏住那些划过唇边的风
粮食合着逃逸的残阳
和着脆脆布谷的歌谣
无须怨词清赋
依旧桃红梨白

你是怎样绝美的背影

落与红尘一角
守着前世的相约

银色的月光装饰着你的离歌

孟婆汤醒

你竟是我前世的娇颜

什么是地老天荒，什么是海枯石烂

千百年的日子

翻飞若鸢

天堂与红尘之间

总是你的名字

一转头你就被风掠走……

所有的相逢与别离

都是眼泪和微笑

温柔和花瓣……

你是怎样绝美的忧伤

仿佛被切割成两半的身体

在暗冷的风里

旋转、旋转

直至陨落为一抹失血的红尘

马失前蹄

疼到蝉群出洞之后的吟叫

那随风摇筏的心

便全部被你的忧伤击透……

这幽邃的安抚
是否会在小路的尽头拐弯
是否会在小路的尽头拐弯
夜幕漠漠遣送

你是怎样绝美的童话

小心将你捧在手中
几滴雨水流过
行人的脚印
渗进姜黄的泥土中安睡

一份闲愁两处相思
与你重逢于月影凄迷的岁月
不管是远古的呼唤
抑或是注定的缘情
我感觉到囚困的野草
在黄牛的脚底里挪动的心情

原来生命有时是可以停顿的
例如现在

可以什么也不用想
什么也不用去在意
说说话吧
有一生便是幸福

让我今生成为你的童话好吗
我愿意把秋天站成雪人

你是怎样绝美的温柔

星辰初起
沉睡的心在黑夜里起飞……

谁在秋水中轻唱回望
不问前生前世的来路
偏要今生今世的宿缘

轻语：生缘不生貌，可愿
可愿做那婉约的宋词
用尽三生三世
千丝万缕的柔情
绣成今生相依相扶的剪影

今夜

有你如水的锦衣暖我

如风地拥吻疼我

舞成你眼底最美的精灵

便是我生命所有的意义

你是怎样绝美的思念

向南敞开所有的窗

让你唇边深情的风

在我耳边缱绻成一个故事

将你朦胧的身影

旖旎成我梦里诗篇

用心与心勾画

描绘成一幅溪水潺潺蜿蜒的风景

那一刹的飞花逐月

筑成一道青山绿水

凝固我心，我愿

今晚我在遥远的天际

蘸着心窝的泪水

给你写诗

我知道
你定会在高挂的弦月下
就着一杯香醇
读这些脉脉含情的文字
尽管我只能在这如水的静夜
枕着泣血的红袖

一点一滴
潮湿你一山一水的思念

读岳阳楼

一读岳阳楼，少年扬帆碧空尽
见水不见楼

那一叶帆便是江山万里
浩浩汤汤、横无际涯
一轮红日在扬起的双臂上欢呼
问庙堂之高能有多高
少年壮志在历史额头上颤抖

二读岳阳楼，江湖路远红袖招
见楼不见水
岳阳楼记多少字
侧耳倾听船橹摇
满篇风雨潇潇，不着一片雪花
只有瘦瘦的滕子京穿楼而过

三读岳阳楼，羽扇纶巾一壶茶

见水又见楼

倾城的雨，也洗不去斑竹山上的相思

忧来一壶酒，乐了一壶茶

范大夫的风骨

几人能读出

君山毛尖的香味

楼顶上升起那片祥云却是柳毅的传书

秋水里的童话

1.

今晚我被德山的夜雨淋透

在风中

连同我瑟瑟发抖的还有我的快乐

重逢如同刚背诵完的唐人绝句

隔着湿衣服

我体会着你的微笑

而我是否能真正与你同在一片夜空

看清道夫扫着诗歌的碎片

我无法像海子一样

在柳叶湖边

为你写一首春暖花开、面朝大海

我得去这个城市的尽头找一段铁轨

用血为今夜的爱情淬火

2.

桃花源本就不是安放相思的地方

无法回避的花已凋零在耳畔

这点残花败柳的春意思

拿去也谱不出归去来兮、田园将芜

我如一个失去鼓点的歌手

立起风衣的领子

如同被石头砸中的黄狗

向西奔走

本准备要那盏远射过来车灯完成我的使命

可路灯亮了

将我的企图撞上了墙

3.

凭窗读雨

我想起了花岩溪那一堆篝火上空

一只鸟在头上看着我们

就像天使

朝着我们微笑

写诗的两个人

一个卑微地痴情，一个从容豁达地辜负

棋梓桥记忆

离开湘乡棋梓桥 25 年，青春、警徽、爱情都埋在那一方水府

——题记

1.

静夜，听风，与最年轻的热血蹲守
一湖月黑风高的倒影
有你如春笋尝雪、竹影斜道葱茏
春水缄默
一起在这页狭长的山川里除暴安良
一块盾牌托着青春
一府涟水载着远方
棋梓桥的桂鱼与小偷
因一位离职警察的履历被重新誊写
火车隆隆，载着流年
偶尔，梦回万罗山顶
取一曲山高水长

2.

其实回头，是为了满足一种类似口渴的需求
昨晚，出警的脚步急匆匆在梦里奔跑
在床头，打翻一杯水、一笼包子和一堆桂花鱼
这个和韶山一毛钱关系都没有的地方也叫作韶峰
有一天，强迫自己理解一只茄子打了一碗汤
会让两个男人对山珍海味丧失记忆
也许是这只茄子里混搭的鸡蛋
诠释了一个年代对一个人的膜拜
青春就是到了一个没有娘的地方
好在有一身警服
带上剁辣椒、霉豆腐，和对姑娘不良的念头
到镇上抓贼，到水府洗干净皮囊和忧伤
我的青春美好荣获警察的最高奖章
时光流逝
运水泥的车皮如今却空空荡荡

3.

睡不着的夜晚需要弹唱孤独的诗歌
一封分手的信，两个流着眼泪的小丑
告诉世界，我们劫后余生

回忆像天际星星弹孔里流出的歌谣
所有的谜底总是在今夜
有理想没有钱的青春
行尽江南
不与佳人遇

秋醉松雅湖

最写意的，不是抖开翅膀后的万里河山
而是夜宿松雅湖的桨声灯影。飞累了
栖在最香的那枝桂花上发呆，抻抻羽毛

找一株最结实的桂花树做窠
守着葱葱茏茏的枝蔓
和酒，故事一同宽衣解带，搂着越来越懒的爱情
在秋日的午后打滚

翌年的秋，松雅湖波澜不惊
在波光和倒影里
在南飞与北返的光阴里，鸿雁留下这个季节
的踌躇，成了这座湖最尊贵的传说

微醺的日子，到松雅湖寻你
不及回避，就撞上了天使

巨猿望江

曹雪芹紧抱着石头记憔悴而来
将满腹的牵念扔进金沙江
怡红公子不愿堰塞这一江的思念
湿漉漉地爬上绝壁
一颗清亮如聊斋的红尘
涅槃成猿

你在这崇山峻岭中修炼了千年，我的朋友
游人如织在欢呼虎啸跃江
我受长生天的指引回头
看见一道佛光把你笼罩

按下快门的那一刹那
你深邃的眼里两行清泪
我没有办法逃出你那永恒的安详

今夜悬崖不勒马
用凄婉的喉咙呼啸你的沧桑

在岳麓奉旨填词

一到河西，你便是秋日的江南
回忆将息，这样一夜，够不够我卷土重来

等了你五百年
湘江水一路向北
我可不可以做岳麓山上的那个浪子
面朝橘子洲填词
为你临摹三千里爱情的碎骨
谁为我在夜里点灯
照亮三千年的关关雎鸠

还有你在我的墙上悬挂
瑜伽的倒立作答了
所有上岸的八声甘州

你说我听

尽管坐在一起，也都是你说我听
就好像看着一个女巫，在绞痛自己的视线
从生存到生活
其实只是一杯白开水到一杯茶的距离
我却要装着很不一般的样子

今天讨论问题的方式，是一个贵族
带着二十块钱到一个五星级酒店喝一碗稀饭的奢侈
吧台前柔和的灯光，讥笑成一瓣花
本想闻一下芬芳
却害怕鄙视，选择一个拥抱的姿势喂饱想要的幸福

你面前坐着一个诗人，脱光衣服，想把自己冻死
也许，手起刀落，更能完成心内的呐喊
然而这一夜，都是你说我听

锦江：麻阳大雨倾城

——2016 年 7 月 6 日于麻阳碰溪村

我到麻阳城里寻兄弟妹夫
一壶老酒，一碗米粉，一滴眼泪
都是亲人的讲述

端午的龙舟歇了，号子停了，你随屈原去了
今晚，麻阳城满街满巷的水
是妹妹的泪呢

你还会捧着甜甜的橙扣响家人为你半掩的窗吗
青山，秀水，红砖碧瓦
你可知，活着便是半阕江南
青石老了，岁月冷了，倾盆的雨淋着

这慢慢一起老的兄弟里，没了你的名字
被雨肆虐的城，任鱼和孩子逍遥
水还在涨，巷幽深
姑娘的碎花伞撑在小伙子背上
像一对幸福的水鬼

靖港

春天了，最后一波寒风呼啸穿过
今天是雪花绽放后的寂静
这个冬季的某个特殊日子
我们牵手在一起，制造了春天

花开了，它认真地接受每一缕阳光的覆盖
我一边看绚丽天空，一边
握紧你的手，握住一生相守的承诺

十字街口，灯火阑珊处
你远远一路走回来
走到那个为我点燃孔明灯的码头

伤口上的盐，专治健忘
我已经仰望很久了，酸疼的脖子
让我记住每一次火树银花
春天前的最后一晚，我想在靖港留宿
梦到曾文正想在这里自杀
最后从这里出发，打开了南京门

湘乡碧洲

——和田辛、朱亮先生

划着波光和月影，我的碧洲，端坐涟水中央
隔着远去的童年，将蛙鸣，蛇呲泡进酒杯
水底蔓草郁郁葱茏
四月湘人，不断写诗
惟田辛先生用滚烫的文字，烙出波纹

春风吹过碧洲，以漂亮，以妩媚，以讨人欢喜的曼妙
国藩的诗文和公略将军的铜像择树而立
所有的平仄：辽阔，忧伤
此刻，有位叫朱亮的词人在水边唱响

四月碧洲是蔓延抒情的绿
是杏花的绽放的呼吸
还是满园松柏展示的不屈

远去的人，迟迟不归
涟河水呼啸，豪迈
那一年的波涛汹涌
每一朵浪花，都是按捺不住的心跳

凤凰一夜

对看得见或者看不见的，我都有心存侥幸
一些灯火，除一江哗哗的水
都不是有意义的表达

请你原谅，凤凰
一想起黄永玉就是在这长大的
我的心就如初冬的风一样潦草

如果生在沱江，就和黄永玉做兄弟
看他画画，和他一起当兵：
战死沙场，或者回家

能和他一起脱掉裤子游沱江，这该多好
能和他一起守着一个女人和一片江山
爱一辈子，该有多好
仿佛卖火柴的小女孩，守着长夜
诸多念头，像香槟、面包和烧鹅

沱江里的鱼虾
石墩上的荣辱
是凤凰人流淌的风水
鹅卵石奏唱的水乐
缓慢、无限地渗透
我的眼睛沉醉在这无边的夜

茅浒水乡三问

1.

有船有渡
能不能还有一杆长篙
涟水里鲑鱼欢淌
一网撒在茅浒
三五归乡的游子，慢慢地端起杯
炊烟缓慢，乡愁荡漾
在一角
书生陈某端一盆藿香煮鱼：
客官，可有妈妈的味道

2.

泊在茅浒，我们支一架帐篷饮酒
看有情人穿着各式婚纱摆拍爱情

冬日暖阳，草木缥缈

一点点记住波浪，山峦和好心情

看岛上微妙的眼神，闪烁着爱

我们选择接近幸福——

拿起手机，就能拍到的草地，楼阁

一河弯弯的倒影

有辨识不出的呼吸，缱绻的牵手：

娘子今夜，不回人间

3.

那层层的台阶，早已错落成一片心事

昨夜

云开雪霁

诗人谈天说地，波光粼粼

远远一声：

你好！陈总

没有一碗米酒的燃烧

想要讨一份稿酬的心思又如何说起

在江南

在太阳和星星相望的地方
小船载来了黎明
哦，这是江南
一捧红土点燃的热情
烘暖了我无数次梦中的笑

从那君山的斑竹上
我读懂了你诚挚的爱
今天，在这里
我从飘荡蓝天的风筝上
看到了一个个起飞的梦

大路边的老农送我一杯美酒
送我一杯醇厚的乡情
我送老农一首诗
送他一腔祝福
送他一个儿子的心意

是黎明了

在江南

我捧出一个圆圆的希望

挂在东方

杜鹃草堂

风月无边便是杜鹃草堂
风中有散步的爱情
林中有竖起的旗帜
半山的杜鹃花开着岁月静好
半山的杜鹃鸟念着别忘初心

八十年前那支从这转兵的队伍
在下山路上被妈妈拦住
嘴里说着叮咛的话
手上拿着煮熟的鸡蛋

山下送行的妹妹
长长的头发
被一阵山风吹起
她身后的路两头都是大道

此刻堂主杨少波的眼眶

就是一炉茶
山泉一样蹦腾

有人在身后唱：
杜鹃红了红漫天，哥哥我送你去远方

大湖，鱼和水的深情

诗人彭郁青说：人在岸上，鱼在水中
我想你

——题记

大湖，山风，渔娘
今夜我就是裴多菲笔下的激流
云淡风轻地游近你
在一秋荡漾的渔火中
拨弄着三千年前的蒹葭苍苍

彭浩荡那只放生漓江的幸福水鬼
袭一湖瘦长的风
拦在我必经的渡口
我攒了一生的故事
醉倒在新谱的琵琶行中

还有那条脱去金鳞的鲤鱼呢

想捧一湖月光读你
我竟叫不出你的名字
宁静的水面
任你薄衫凌风的舞
我怎么就不可以在太阳出来之前
痛痛快快淋漓尽致织张网
让我有底气去战胜
所有相似的樯橹

其实只要一扬手
这湖水和岁月就都空了
有你舞在我的网中
这就够了

村庄

那年我异常疲惫靠在秋末的村庄
你送过来的那只没被虫蛀的红苹果
成了我支撑爱情的骨头
坐在你的红苹果里
幸福得像个和爸爸一起买糖的孩子

荒芜的田园已经骡马安详
溪边可以看见青苔上游动的鱼
淡淡的云儿印着你的花衣裳
谷垛边绽开一朵朵幸福或者酸楚

倾听雪雨
把眼中的水泼出去
天空的油彩如彩虹
从昨天开始
你肩上落满蝴蝶灰
村口的大树上

雏鹰滑过

荷塘里开满妖冶的诱惑
水鬼在上帝站过的位置
看着我旷世的孤独和惊悚
什么时候成为一缕炊烟飘过
童年的欢愉烂在深山里
厌倦和命运对抗的人
能有足够的时间完成收割，完成远眺和偷欢

从明天起有个像妹妹一样亲切的小女孩
带着我到塘边悠然垂钓
鱼和红薯一样是所有生命的养分
背对村庄
河流浮出的犬吠和灯火埋葬了炊烟和贫瘠
请坐亲爱的，请握紧手中那杯沉沉的水酒
把我的故事听完

涟水上

像三月的花无法开出
秋后果实的样子
当你的气息囿于辽阔
故事就开始漂流

桃花瓣上滴落的水，变成涟水上
细密的波纹，只有年轻的心事
配得上这轻柔的桨声

远山文魁塔上的晴朗
刺眼而温暖
天气不同
云的长相却很像

那些寻找灵感的诗人们
迷失在塔子山的花丛里
然后吧，后来吧，就是吧
那个吧，我们吧，各自安好吧

一夜江南的符号

聚而又散，便是一幅写意
酒量，歌声和你的笑
如三月的杜鹃
一声声：行不得耶，哥哥

而我终究离开
那被碾压过的街灯
还剩徘徊、挣扎和自由
落在心里的你
笑着笑着就远了
寂寞提前来到

一见不忘只能安放在尘世的另一处
这个早春
云朵似美丽的邂逅
便是浩荡的喜悦
今夜所有的思与想
都和你一起：打湿江南

东篱屋之夜

夜，空了
淑女和蟋蟀在他们的世界美妙着
门外，只剩下车流，山风的叫声
给屋顶取一个与陶渊明有关的名字
是降维四月花浮躁，浅薄
不堪一击的浪漫
此刻，我眯上双眼：
任黑夜降临的山峦，随着呼吸
走向深邃、潮湿……

请饶恕我的贪婪
我是一个心事重重的读书人
面对如此美丽的尤物
手显得多余，脚无所适从
这已经是被装饰过的本能：
一个疯子或者一匹南长沙的狼
欲望已经烈火烹油

事实上，我的身心已经被殖民
如果此刻花儿打开
我就跳进那条洗净忧伤的湘江
做激流中，把陷落的花瓣
镌刻到你心里的英雄

失眠

今夜，大地干净，人们安睡——
鸿雁在空蒙的月色里清洗翅膀
广场上衣袂飘飘

谁在嫦娥的心上撒了一层盐
透明的月光中
看见痉挛

今夜，思绪里长满着金黄的翅膀
寒露萧瑟下，一个诗人抱着刚温的
酒意，失眠了

TAIYANG

DIAOZAI

HAILI

DE

SHENGYIN

太
阳
掉
在
海
里
的
声
音

————

未
济

浪者

1.

回首
紫氲行空蹲踞山头
每一片都是太阳脱在峰峦上的衣裳
诱浪者披它走出托马斯曼的魔山远涉
世纪风掠过
浪者草帽倾斜
抬头
一顶雪色帐篷真诚地架起劫掠后的天空

未来之旅
红与黑连绵嬗递之驿途荆棘遍地
太阳赤裸闪光的胴体在天地空间缓缓沉沦
浪者在失去影子的舞台上朗诵着古老的台词
像中世纪的人在谈论古远的传说

失去并背叛历史的将军从沙漠里爬起

激动如临盆之妇

身后

遍地哀鸿

雪泥鸿爪上缔造的帝国已在没落

苍白如一柄无人认领的钥匙

深宫高墙内

孤独的灵魂，正惊梦于斗转星移的涛声

红土地上疯长的世纪风的声音响彻滩地

吹灭了黎明前最后一颗星星

在黄金海岸浪者从容上路

痛楚扭曲一张冷峻的脸

黑色栏棚里

达摩克利斯剑被庄重地、威严地、舒缓地拔出

广阔的天穹划出一道伤口

宇宙风如血涌至滚滚红尘

直至母亲唇边

大地狂热无目的性的焦灼终于平息

在遥远的星群下

浪者从站起来爬起来的城市上空，超越自我的宣言：

如其斗牛般在狂躁的喧哗中令人尊敬地轰然倒下

不如像条丧家之犬

他日卷土重来

善良跪倒、智慧跪倒

一片银白的头送一个乌黑的头潇洒地置于历史的

祭坛

历史天平从此倾斜

众多欲望追逐的那条枯萎的蛇身

难过地，垂下头颅

回头是岸

回头是岸

回头是岸啊

2.

失落寻觅再失落

像西部淘金者那样在茫茫的黄沙中寻找归宿

悲剧选择掩埋作为规范的结束

浪者执意要站成一座卓然不群的哈姆雷特雕像

从容地挥霍着父辈的精血

疲惫的躯体以顽强而又巨大的姿势对抗黄昏

从愚昧走向文明

一脚踏着生存，一脚踏着死亡

不祥之音乍起

焚过布鲁诺的那熊熊烈焰

正燃烧最初引领胯下强盛生命之源与女人

征服和掠掳蛮荒死地之欲望

悬在断崖的棺木风蚀的残堡

在夕阳如海市蜃楼

艾略特孤独地站在荒原四顾茫然

3.

告诉我

最初火红的太阳将从伤痕中飘往何方

告诉我

缓缓驿动在广场上暗红的液体将染就什么

告诉我

岁月的青柯上垂挂的是否是上帝的头颅

回头是岸

回头是岸

回头是岸吗

东山书院

1.

过去涟水河没有桥，靠渡口
褚公祠洗笔池的对岸是东山书院
主讲有堂，游憩有所，斋房庖福，网不具备

艄公和船都老了
两位少年渡过沉船侧畔
东山精舍开始喧嚣……
算学、格致、方言、商务四斋
分科造士
那么多青春的颜色：战栗、汹涌、绽放
枕山面野，环以大溪，缭以长垣
可曾记兼济天下的征尘

半个世纪以后，跨越涟水的大将路以他们的名义横贯

2.

九天揽月，五洋捉鳖：
理想，在琅琅读书声里挥斥方遒
公毕方将私治，师严然后道尊
校园里每一次关于家国的话题都是
雨后春笋，林中响箭
而青春
都是一片枫叶，又一片枫叶的旁白

有位少年在池塘边放言：
春来我不先出声，哪个虫儿敢唱歌
带着他的山高水长
从涟水河出发
岁月呼啸于风中
浩浩荡荡在江湖河海
转身回头的校园灯火
静默在记忆的最低处
公诚勤俭的校训里
鸿鹄，随学子们远去的脚步
风雨兼程

湘乡云门寺

云门寺的方丈说：云门寺的观音998只眼
睛，998只手
世人佛前一跪
双眼含慈，双手合十便是千手千眼
——题记

北宋皇祐二年
云门寺一炉檀香点燃
千手千眼，12米威严的金身脚下
镇着一条作恶的青龙
阿弥陀佛
九百七十年的梵音，是天空坠落的苍茫

弥勒殿
庄严是唯一的背景
高处，淡泊的佛
于月光铺就的大殿，举着烛光辨认忠奸

殿外，菊花开时，四大天王的行走，踏响青砖

大雄宝殿，摇动签筒，一脉清香笼身
离佛最近是荷花尖上的露，溪水深处的足音
垂下眼睛，就能感应出尘的命理——
辛勤不倦，愿行殷深

罗汉堂前
所有花，卸下虚妄，开向佛前
柏丛绕舍，十八罗汉诵经擦拭骨骼，肉身和灵魂
时间之上，天空碧蓝如洗

闲暇时，到云门寺，缓缓放下自己
在这个古老的道场
遁入明亮，纯粹
让梵歌，一遍又一遍洗心

文塔

湘乡文塔，始建于宋淳熙十五年（1188年），为纪念县人王容中状元之瑞，兆湘乡文运之长而立，又名状元塔。

——题记

大作家王跃文登文塔问：
状元塔里怎么不见状元
湘人尴尬
文塔里有孔圣，文殊，寿星，甚至有财神
却偏偏没有状元王容
湘人机智：
老婆饼里也不见有老婆呀

文塔七层，气势恢宏
以状元郎的名义矗立在塔子山上
阳春三月，取一阕天籁点燃满山的花朵
这多好——

风吹林涛

文塔，已覆盖读书人的乡愁

前日回乡

我对负责人轻声说道：

能不能把文塔重新装修成读书人的皇冠

把塔中的寿星，财神请回云门寺

把湘乡读书郎：蒋琬、王容、曾国藩、毛润之……

甚至张天翼、肖三……

乃至百年以后的成思危、贺国强……

请进文塔

负责人幸福地喘息：

正在筹款，准备搞

我说，和你交换一个秘密：

李少君是《诗刊》总编，湖南诗词彭崇谷在当家

湖南散文刘克邦在主事，湖南美术朱训德在掌舵

如果文塔重修，这些湘乡人肯定不会袖手

主管文教的谢市长是我的同班同学

他问我，如果文塔重修，捐多少钱

我答：我就一个才疏学浅的律师

撑死就是一个湖南报告文学副会长

到时候捐 20 万吧
谢市长哈哈大笑

我知道经费问题他有办法了：
这不还有几十万乡贤才俊
还有富豪榜上的王填、周群飞、文一波

几年以后的文塔
一定是天下文人的景致

原来，梦还可以如此辽阔

外婆的石鼓湾

满山的翠绿不是果园

外婆的石鼓湾不养富贵人家的女儿

荷叶田田长出一个干干净净的夏天

一尾鱼为我的归来跃出水面

美得窒息

原来是看这片绿油油的稻田

槐树下的土地神指着最美村姑的脸

丰腴的杜鹃

既不南飞也不北还

前生后世都守着

离家人的故园

石鼓里响着不老的歌谣

一声声：行不得哥哥

一声声：不如归去

……

昭忠祠

我仿佛听见
在昭忠祠的梵音中
旌旗十万，一个大帅呐喊、澎湃
已成了教化苍生的家书：
沉默。朴素。欢喜。简单

出而济世，入而表里
一县之人，征伐遍于十八行省
这天地间浩大辉煌的燃烧
梦回镇湘楼下，碧洲两边的舟楫
众香拱之，涟水泱泱

那供奉湘军的昭忠祠，消失于缓慢的光阴
然而前者覆亡，后者继往，蹈百死而不辞的军魂
如一只一只的蝴蝶从湘人的心里飞出
忽高忽低，全是春天里，不忍卒看的精灵

我想对湘乡负责人说：

怎忍心十万忠魂无处安放

不如把那废弃的衙门拆了

把昭忠祠重新建起来

那就是一桢

头顶蓝天，脚踏热土，百万湘人的合影

湘乡，湘乡

遍地秋黄
是故乡的颜色
金色柔软，稻香清凉

回家，佛音起伏行囊
云门寺伸出千只兰花手
指引一条跋山涉水的路
让我走远，让我稳当，让我不住叩首回望

半生，走州串府，轻狂
放不下的是，涟河中跌宕
一叶帆张

感谢给我这双眼睛的娘
世道、繁华——洞见荒唐
巴山蜀水马蹄声扬
蒋琬回到北正街打了一口汉室的井

为我洗净可笑的装

兄弟说快点来
在靠山的农舍
聊天，喝酒，逗狗，等几个美人
牛皮吹得山响

咳嗽的夜鹰

1.

带着风霜的承诺
带着诗歌的光芒
在 2002 年秋日
最后一束黑暗里
孤独地醒着

夜鹰咳着血
在你缄默的窗外
以滑翔的姿势品味着残秋
品味着秋天
果核中莫名的惆怅

夜鹰
你为谁赡养着阳春白雪

宁愿在阳光下忍受着黑暗
你怜悯地看着
我在身无分文的日子
怎样的苟活并且歌唱
怎样和痛苦忧郁的爱情
相依为命

你把覆盖我的
所有光荣和不幸
衔起
对着命运的天空
呐喊、飞翔

2.

夜鹰，与我平行的夜鹰
踏歌而行
呼吸着月光和萤虫的光泽
目送建安七子的飒飒风骨
面对天空并非真的无话可说

撕裂一条条谶语
在痛苦和不安中

看自己的肋骨

错插在别人的胸口

我别无选择

拥抱着这怀祭海的鹰骨

3.

月亮如丧偶的新妇

夜鹰穿着星期天的

黑色礼服向她布道

这时候，欲望就像

锤炼千年的妖精

因垂涎大唐高僧的佛体

被孙行者的金箍棒

无情地打回原形

夜鹰的原形是男人的灵魂

男人的历史应与鹰同命

从一粒健康的受精卵

长成矫健的翅膀

长成百折不挠

凌风勇敢的心

4.

闪电使灵魂
随一声断裂飞升
抑郁在梦中的诗魂顷刻间
爆发
诗人在寒风中写就的文字
斩断了瞩望的目光

咳嗽的夜鹰
如流浪的歌手
提着无架的鼓点
使潦倒在风尘中的爱情
星光灿烂
使囚禁在黑暗中的诗人
坚贞不渝
我发誓在你归入尘土以前
让生命如一束雷雨前
清亮的白光
刺进你光秃的影子

今晚，让我为你写首诗吧

我对天上的云说：
我们远远地爱着，永不相会好不好
瓢泼的大雨顿时将我淋透
夜在响，感觉乍凉
你明晨渡江
可容我黲夜来访

不是夜，是我
将属于生命的全部
化作月光叮当叮当曳响

今晚，让我为你写首诗吧
四周的映像轻载在夜色里
发呆的神经末梢倾听窗外
夜空中掉下的蔚蓝
正在顺着山峦的起伏追风

你一定会心痛

我是那样忧伤地到达

水平线岂是绝望的悬崖

每一根线条都会想着前生后世轮回的委屈和渴望

橘红色的月亮

已飘到从长沙往西再往西的很远很远的地方去了

午夜梦回

午夜梦回，一只火鸟骤立在我梦的对岸
又是你，突然闪进我业已消停的心

我又踏上了昨日那条陡峭的狭道
希望找一支歌，捡一首诗
哪怕是一段苦涩的回忆也行

多年了，离去的足音如履积雪
声声漫
我说要把我们过去的一切都写成诗
你摇头，任无情的列车撕裂那些字句

一个经营沙子的人
风一吹便破产了

几回把手掌伸开
测不到你的归期

只看见你如雾的背影背负着关于昨昔的
全部积蓄

对岸那只火鸟踽步
踏月而来，留下身后的银色宛转
你
拥着我的梦
在季节外成熟，嫣红……

灰汤，有家可归

所有的温暖在荡漾中停泊
没有鱼跃出水面
想念沉在水底
一树瘦梅
倒映那朵有家可归的雪

一幅可以倒过来看的画
一首可以倒过来吟的诗

站住……

你说头顶着是蓝，我说是海
你就用尖尖锥子扎我
你的嘴，像一羽海鸥
贴着我起伏的波浪飞翔

你说月光是嫦娥的乳晕
我说不如是千万盏街灯
不让你痛，也不让你哭
就能把寻你的流浪点亮

我们在木棉树上刻写下一行名字
在每一朵花上留下吻
你熟练地褪解我的胸衣
我只能选择屏住呼吸，摇头，点头

我选择苍鹰擦过白云
我选择衣袂一件一件
如雪般飘飞

在一间黑色房子里想起甘蔗

我端坐在一所黑色房子里
把一捆甘蔗
削成一把爱情的骨头
狠咬一口
甜在你心，痛在我身

二月十四，玫瑰是夜的涂料
甘蔗才是这个节日的圣物
押着温情和暴力的韵脚
粉身碎骨成渣

我的爱已积劳成疾
只剩两头甜的信念，看
第一场春雨
如何斜织一片甘蔗林的拔节，抽穗，沁甜
再酿成一碗酒让我燃烧！敢
抓住你的双手，这就跟我走

月妖

月又圆了
如妖魅般冷峻的眼
审视我这刚从异乡爬上岸的水鬼

满屋子找烟找打火机
抖抖嗦嗦点燃思念的线香
爬上楼顶，接引上神菩萨
丝丝缕缕的垂怜

没有一双眼睛能像嫦娥的一样决绝
所有的恩爱和离别。不悔

就在今夜
月亮为异乡客画了一个锥形正圆

城池

1.

各色企望涌向街心
墙千百年护卫着
不笑也不说话
老妪俯身，牵少年的手，在一截木头中捺下指纹
梵音响起
城门外，没有她出征的归人
人在钟楼，烛火整夜的摇曳

2.

在故人填词的遗迹处遭遇花朵
夕阳斜斜地洒落
戴厚厚的围巾，眯着眼，交错纷叠的树影里拥吻
红衰翠减的背景深处，还有花开

那样小小的金黄，暗香流溢
灿烂与凋零中
人与城池都瘦

3.

女人说，城池里男人笑泪无常
就像这护城河
热烈而又古老的颜色
绕着城池
暴涨或者干涸

海：蓝色的 C 位

你的眼睛，开着天外的阳光
遇见你，果子红了，秋风涌动

现在给你写诗，重蹈你的覆辙
吹长沙第一缕秋风

南宫饭局将一个故事打开
你轻声经过的上书房没有唐诗中的那盏灯
向秦时借明月，向汉室借飞燕
把火柴借给安徒生，幸福在火光中摇曳

写诗的日子海阔天空，见你的时刻人去楼空
花开又一次成熟，我却错过

让安娜·卡列尼娜的站台
承接伏伦斯基的第一次回头
让我站在你的 C 位，顺愿安好

在你的眼前开花结果

想寻个有桂花树的地方，荒淫无度
桂花一样熏香你的气息
在你睁开眼睛的每一个清晨
跑步，淘米，煮一天的好日子
把大大的肚腩减掉，帅成你最爱看的样子
哪儿也不去。就守着你
等着夜晚你披着湿湿的头发，从背后抱住我
我也长成桂花树的模样，满足你所有的欢喜
树上一对喜鹊，唱着我们的幸福

不倦去路

又到了要出发的时候了
外面有风有雪

娘一脸牵挂：又要去哪里呀

男儿志在四方
走出门，却不知道四方该往哪个方向
摇下车窗
让最喜欢的摇滚感染路

不说话，眼睛很忙
偶尔，心被风吹痛
多少年了，我一直不敢告诉娘
我做的善事和得罪的权贵一样多

没有办法选择
鸡蛋撞石头时

我也只能带着鸡蛋去打仗
临别时的表情看起来不惧路远
用每一个脚印甚至一个呵呵
书写远方
身后还有很多的叮咛
只能下次回来读

情愿留在冬季

自从你的剑刺伤我
就发誓将你终身监禁

风雪中的承诺
千百只白色鸟
翘首树梢
不愿看它展翅时
那道潇洒的闪光
不知用怎样的姿势走向你

总盼望一场大雪
对你温柔地报复
让我在你红色的悲哀里
五内焚尽
泪流满面
冬季的密码和流韵
破译为

唯一的伤口

把你放到雪原上
温暖过我的阳光
在你的日子里静静飞翔
初恋消瘦的想象
未来是苦楝树上结出的甜蜜果
我四肢舒展
等候那一场大雪
台灯罩一样降临

即使未来迷失在相拥的怀里

——致 Z

浓咖啡以后
再浓的茶也淡

在梦河边
我们淡淡地谈论些什么
你的发垂在我肩
你说我想用犀利的目光
穿透你心中的迷惘
说我想用有力的双手
为你挑开寂夜的雾蓝
说我想用热忱的呼唤
还回你失去的笑颜
还是说想用温情的嘴唇
吻干你斑驳的泪

梦究竟有多长
究竟哪两颗星星

是我们的坐标
手牵着手
我们等待着明天
不管迎接我们的是太阳

还是满天乌云
偎依着笑一笑
任一缕西风卷起窗帘

等待没有结局
或许结局就是等待

即使未来迷失在相拥的怀里
即使有一天
我背叛了最初的誓言
别生气
我只是想先看看外面的风景
再回来看你

那簇艳红

一年多来，每个清冷的日子，想起那簇艳红，依然潸然泪下。

——题记

蔷薇
花无数
显山露水的清澈里
历数我的温存
季季魅力
岁月轮回

寂寞地执守一瓣花的朴素
这花刻苦不俗
于简单一生
纵然不引人注目
也一样负起存在的责任
而于我生命最苦难的季节

燃烧起炽热情怀
不为逢迎
不为争艳
只为默默无闻的一生不辜负生命最深层的高贵与
尊严
苦风寒露里盈盈展开如火的笑靥
然后是星月生辉
山水含笑

只为一声遥远的感念
几世的约定
就这样轻而易举地站在面前

只因终了这份心情
终于艰难地背弃当初那杯浓涩的咖啡
脆弱低卑的人性无法承负你坚韧深沉的一生
轻狂草率的承诺错释你不被了解的本身
只把这份心情珍藏于心底
从此流浪的步履里
一任你无数次以缄默的方式飘进我的梦中

捧一杯咖啡
同时捧起岁月留下的斑驳

品味滴滴凝重

滴滴深沉

只一支歌从天边落下来

飘香咖啡飘满小屋

你我情感依然如故

不知何时才能见你

美丽往事已经模糊

浮云

洒脱地告别家
踏响一次脚印
刷新一次记忆
硬挺的风景外
迎面扑来
一匹来自北方的狼

叠起的风
进入云的低吟
心是原始部落的酋长
在部落与部落之间
连成血红的斜阳
诞生一脉镀金的山

歌在流浪的路上
舞在流动的云上

情殇 (组诗)

1. 舞者，占卜自己的梦

松涛渐渐远了
舞者占卜自己的梦
河：永不憩息，永远重复，永远新鲜

被覆盖的沙滩
有多少匆匆起来的蓝色精灵
就像五十四张牌
占卜我俩的未来
无论抽哪一张
显灵的是伤痛
不灵验的却预示着希望和太阳
梅花该开不开
红桃该放不放
既然命运在纸牌中跌跌撞撞

我将自己分为五十四张牌
化为与你相聚的年年月月

人很近，未来很远
一步一回头
不见少年，不见家，不见伴侣
儿时的雨点
优美而又伤感地浸润你的听觉

抛不开弃不得碎了又圆圆了又碎的梦
舞者
我诅咒你苦难而又放荡的心

2. 情感回廊

独自一人时
便去数檐角
点点滴滴的清凉
是故乡的雨巷
你总是那么浪漫在冬季
走过这座城市
打量这城市的男人
如同看一堆巨大的玩具

我分明看见

最早的往事渗入泥土

最近的心事串成珍珠

雪也不是从前的雪

踏雪的也不复少年

屋檐下的石阶

被砌成白色的荒冢

心事

黄昏下的一抹斜阳

长亭外的一杯浊酒

日子

有蒲公英载着阳光

还有风和歌谣

3. 爱你如风

你就这样顽强地打劫了我的梦

名字如风般覆盖我的生命

躯体托付一片苍凉的浮云

把相思放飞

在广袤的天空中

点击熟悉或者温暖的星星

你就那样季风般吹痛我的世纪
落英的缤纷诠释我远归的凉州词
一如你一袭黑色的叙语
漫过我这无法耕耘的春天

不可预知的果实
满山的映山红
伴我完成着命定的迁徙
如果笑不圆一个完整的春天
就让你的名字如永远停不下的秋千
在快乐和忧伤间
摇来荡去

给你许一个愿
等你一起聊到白发苍苍
等你的爱只属于我一个人的时候
我把对你的相思整理成册
让你翻阅圈点

4. 夜的哲学

你就这样倔强地闯进我的夜晚
足音在视线外曝光
银河两岸那颗星
能概括我与你

说紫茫茫的夜晚是咖啡调成的
幸福只能这样选择
说婚床上无声悸痛的血
是把爱情交给肉体
这个夜晚来临前
可是一场雨雪
来是泥泞
归是泥泞

你就这样倔强地站在面前
如同最初的曙色
紧紧裹住我

青丝如夜
披散在前额又垂覆肩颈

密密笼罩着我
那粉红的
是你心头结出的苹果
拼命想结束青春期的羞涩

许多年以后
却只有我固守这个夜晚
思绪如蝙蝠
冥冥中
漾起圈圈涟漪
夜想告诉我什么
而又不轻言
庄严如同古奥深沉的哲人

百年之恋

无爱的季节来访
用前生和来世的温情抚我
注定我今生今世要凝成一尊
忠诚的雕像
为你唤风
唤雨
唤日月星辰

时空交你寄来的所有情笺
都以一片羽状为题
没有署名
省略标点
这样也好
染绿我一生的记忆

世纪后的今天

我成了温驯的山顶

覆盖积雪

你可在雪线上沉吟

我心将长年抛洒带泪的承诺

给天

给地

给芸芸众生

再度回首

封冻百年的爱

带着露珠从梦中登堂入室

我将吹响所有的芦笛

为你奏一曲

聚不为杨柳依依

散不为落叶萧萧

往事

——致 L

将昨夜的邂逅植入云层
我看到的是天空处子般的眼睛
它长出巴山云、巫山雨
驿动的心跳
如云层晦隐的霞光

而在滚滚红尘中
谁会寻着往事的踪迹
面对那一杯黑色的咖啡
今晚月色如水
那遗落的泣血杜鹃
在我的轻抚中
悸动
在无声的忆想中
我触摸到了那一种无言的
久违

秋天来临

往事被多事的

诗人们大卸八块

成为少女们黄昏后的

零食

晚安

夜半，大风，下着雨，冷
多加了一床被子，仍然冷
不忍心关掉窗户
因为我知道你蜷在南方
的一个烟雨小镇
躺在床上，听风雨
有许多话想和你说
说多了怕你头痛
说透了自己心痛
于是
试着写了这些字给你
又擦掉，最后只留下两个字：晚安

半边妆·东风

东风破，催不醒的人还是你
把漫天的星光熄灭了江水淘干了
将人间所有恩爱的诗文抹去
将写这首诗的人充军发配
也经不起这江南三月微醺，为你蹉跎

那年最爱临高楼，看城春草木
你明眸皓齿，笑意阑珊
江上燕儿北还
身披风尘的乡愁正如油菜花开

我在暮云时分将你的步子整理成册
以证实渐行渐远的东风，吹绿一山的竹子
明早，你如天使，轻推我的窗户

喝酒的声音

回头看到的你
超过了所有的玫瑰
超过所有绽放

而记忆是空的，十年是风吹过红颜的样子
光阴铺天盖地，颠倒了四散的红尘
你就这样散落在天涯

灯火璀璨的夜晚
一杆长篙撑到了断桥边
相思再长一寸时
欢迎你归来的牌子举过头顶

今夜能不能在喝一杯酒的时候
请你一起读雨洒江南的声音

浪花的枝头

这么多的浪花
被卷走，被掀起
飞速地摔在沙滩上
梦碎了一湾
疼也不哭

大海从来就是爱情的故乡
一边舞蹈一边凋零
此刻你便是浪花的枝头
海鸥远行，路过我的眼睛

般把鸟，敌人，远方，你我
黏连在一起

那夜

夜色多么好。再干一杯
红红绿绿的酒
恰好安放我的疯，我的傻
秋雨淋着夜灯，你像梦一般来到

万千欢喜中
你是我唯一的一朵
当汽车飞过空旷的街道，笛声啁啾
填满归途。我行走，幸福，不说话

那时
星光簌簌地落下来，仿佛你的笑脸

无题、无邪、不归

只剩下一个你了，残雪消融，溪流淙淙
你在门边，半明半暗
越来越轻的飞燕，奔走于一袭残梅的黄昏
你在心间，且喝且醉

我听见自己的声音，从领口穿出
当我惊觉，身子已被掏空，呻吟
覆盖了春天
再没有男人敢提及你以及现在的红魇
一杆枪，守着你的荒原

鹊桥会

遥望天上宫阙
牛郎追到天河堤岸
星汉低垂，鹊桥瑰美
姐妹们在桥上拍照，嬉戏
织女不时回眸人间

鹊桥鸳梦被葡萄架下的蛙鸣惊散
归途，夜黑风高
此刻，我是河畔的走失的牛郎
深潭，或者，翻山越岭
银河两边，红灯绿灯

冰糖

甘蔗，榨成汁
雨，结成冰
而我和你
就像一坨结晶的冰糖
捧在手上是坚贞不渝的爱情
即便是掉到地上碎成渣渣
那也是一地的爱情

从这里走向麦加

红马驹似太阳

从白色的山峦驰来

还未到身上就融化了

赤脚走在荒漠的脊背上

察看春天的消息

目光努力许久却触不到一叶新芽

就在这样的季节走向麦加

身前身后老是嫉妒的风

忧郁被双脚缝在

秋桐树底下

灰色的命运

沮丧地跟在后面

我不敢回头

他亦走不到前面

反正我不孤独

理想并不沉重

带上它

是个很好的旅伴

信心则是不倒的拳王

能击碎所有的不幸

从这走向麦加

赤裸的映山红

朔气漫舞消瘦菩提树丫的熊
猩红木棉下斜躺赤裸的映山红
风月不知不觉从蓝色子宫流出
冬巷，泊着寒冷的日子
雨情不自禁地刺进沟栏
临时的瓜棚里骤然长出的青果
令身体的某一部位激动不已

把爱情反锁在屋里
自己去流浪
招安那份来自天涯的痛楚
百节草悄然爬上田园停放的
两幅黑白灵柩
发情的野狗呆呆看一条
老去的黄昏
发疯地撕碎病历袋

举起灵秀的江南
砸响睫毛中那片绿色椰林
伤了整整一个季度的感情
柔软的部位感觉不出一丝温情
你装点着我离开的日子
蚕食我的领地
搅翻一摊凝固的黑色乳汁

一层金色鲨鱼
破海冲出
日子串成一条闪光的链子
坚强地套在别人的脖子上

孤寂的冬天，踩践来自赤道的风
月亮是一颗不能殖民的游魂
随便地抛进落满枫叶的寒江
渐渐扩散那枚粉红阴柔
无望地挣扎
舌尖微微蠕动
如一叶飘零的舢板

起风后
冬天便碎了

辣椒炒肉

一个人饮酒，释放闲愁
辣椒炒肉谈不上一门手艺，比起
茴香豆下酒还略逊一筹
如今却成了三月雨夜最暧昧的街景

同来的姑娘不喝酒，傻傻地听我乱说
我还吹牛皮说辣椒炒肉最大的秘诀就是盐

今年春天，日子变幻出万千诗句
使我常常激动不已
不能自已的时候我告诉自己是一个律师
即便是讨好别人
也不再表现出奴颜和媚骨
最多把自己加工成一盘辣椒炒肉

一枚春雨

三月：春风在冻土的缝隙中挣扎而出
所有的寒夜本应到此为止

昨日北半球寄来的消息
已送达前台：
一具残骸，一寸肝肠，一缕冤魂
瓦砾尖叫

我此刻：山河辽阔，春分大雅
难渡寒塘鹤影

能不能腾空这季春天，给此刻逃难的苍生
给战火里瑟瑟发抖的童年

还有这一枚小小的春雨
是女儿，寄送平安的书笺

2022 年 3 月 20 日春分：还在目睹乌克兰战争。

清明雨

下雨了，一双潮湿的眼睛，穿过云端

132 颗灵魂垂直撞上地球的时候
全世界不知所措
熙熙攘攘的人流中，不再有你的身影

一是黑色的蝴蝶掠过额边长发
张望一山的雨色朦胧
今夜梧州，我在雨中痛彻心扉

我还可以抱你一次吗
抬眼，质朴而决绝的身影
像一把把撑开的蒲公英
朝我飞来

垂下眼睛，红尘嚣嚣
此刻的祖国被千千丝雨笼着，梦一般
雨是从天国走回的女子

八月，车窗外一树丹枫

去成都的高铁困在一个叫恩施的地方
一场暴雨让我歇脚想你
好在这里手机有信号，没有感觉被你忘记

我和小朋友在座位上折很多的纸鸢
折很多无法用语言表达的问候
而此刻，我成了无法归去的人
想想你笑得灿烂的样子
像车窗外那一树迎秋的丹枫
对了，你就是丹枫的样子
牵着我的心思
在一个没有我呵护的地方生动美丽

要是此时能带着你远走高飞就好了
用满天挥舞的红色精灵
给你铺一生的美满和幸福
可今天，二〇一六年八月五日黄昏
我被困在雨中

涔天河，流过我的白天和黑夜

一座才情滚烫的县城
一座风情下酒的大瑶山
一群嘻嘻哈哈的旧时人
相邀看一河没有航标的浪花
数天边一滴一滴飘下的湿意

瑶山峡谷重建了一座大坝
舜皇二妃流淌千年的相思泪被一群汉子留住了

这里绝不只是一河流淌爱情的水呀
在哪
一群迎风展翅的江鸥，飞来，飞去
千年瑶山，理想发芽
盘王的子孙迎着阳光，走向晴朗

载舟，养鱼，发电，浇灌良田万顷，滋润我心
涔水河，每一次回头看你，都有一江的开心

站在大坝的一隅，依稀看见

大片大片安置山民洋房和父母官眼角漾着的凝重：

老祖宗李冰在看着他……

这一夜，其实不应该是恬静的

几万山民受穷受苦的日子说没就没了

即便再疼一次，也只是

鸡鸣、炊烟、村头的柳树合成的乡愁

夜有些深了，借一步说话：

天已经暖了，睡觉就别关窗

大瑶山的梦，关不住的

汨罗：一个美丽的沉醉

1.

桨审视眼前冰冷的水面
在两江交叉点上写满出征的誓言
浪花开始分割领地
一个书生在水面看清楚自己的眼
看素描的离骚
看艾叶里写下的情书
看自己对家国的敬畏
看屈子独白
看汨罗江根本流不到的地方……

2.

天问就是一艘蓝色的忧伤的龙舟
汨罗江没有海盗
真实的吟唱红袖添香

这个夜晚，杜鹃花层层飘落
我写：
归去来兮，田园将芜

3.

年年端午节
无雨也有雨
在这个潮湿的清早，在诗人灵感的黄金分割点上
白色的江雀在扑腾着翅膀

渔灯和孩子们的欢呼
我们牵着手的笑意……

4.

不知道端午龙舟是泊在左岸还是右岸
今天是一个士大夫的祭日
我在这个时间里擂响
一个美丽的沉醉
放生池里游弋的石头
是一大块粽子
而我梦里，还是一叶追逐的桨

薄暮

你真的愿意约我，从薄暮一起走向深夜

金黄的银杏，携着窥视的目光，如同天边的落霞
也如你，转身离别时，无声的不舍

月亮不出，城市被流放

最后一丝光亮，掉进湘江，安静地沉睡

一朵云，从晚霞到澄明的月
一叶舱，是你最后的归宿？芦笛起，响了又停

气温骤降，红尘漫天落下，把去路深深的掩埋

谁能借我一艘快艇，好让我在零度之前
追上你，靠近你的呼吸，你的结冰的眼神

那些逍遥的垂钓，让两岸丧失了一切语言

请你妩媚

拜托你离开时
把钥匙搁在鞋柜上
让我出门换鞋的时候知道你已经走了

思念是一个最不地道的刽子手
捉着我的笔写下诗行
又总是在诗行的矩阵里将我剁得血肉横飞

今夜河上游的你，又水一样游向我
既然不得减刑
我就用三万里泪水，四万年哭声
请你妩媚

今夜长沙，请将我遗忘

夜碎了，被除了月亮以外的光凌迟
比五一路更长的是寂寞
不再有拎着一瓶酒
满城找醉的情人节
心痛沉默在杜甫江阁的涛声之外
没有你的手的夜里
我牵着的那份美丽
只是你印合在掌心的残垣

一挥手打翻了一千多个夜晚
满地都是纸碎的玫瑰
今夜长沙，请将我遗忘
从零点开始

凌晨四点的花骨

凌晨四点，一盏车灯清冷的滑过我的身边
黑暗向你作别的掌纹澎湃
纹理中摇曳着断肠草的身段
开在弄堂里

花呢
有你和我一起逆流而上
牵手还能算是胜利的招牌吗
难怪全世界都放下了枪
归降你

2021 年第一场雪

下一场雪
也像是经历一次轮回
世间所有的任性和知足，合成一句：
窗外，白茫茫一片真干净

风从海上来，雪花大于心事
蘸雪应酒的人擦枪走火
今夜，我的嗓音沙哑
好吧，我相信你隐藏在杯中的渴望是一回事
而我是另一回事
漫天白色的大风
看我们凋零，侧影中有人在说：
真的有人只能在酒杯里讲真话……
简称，世间哪里有什么公理，偏爱才是一切

哪个是和我一起读雪的人
当我说 2021 年第一场雪掉进了杯中
世间是否就有一条毛毯裹我们的身子

TAIYANG

DIAOZAI

HAILI

DE

SHENGYIN

太
阳
掉
在
海
里
的
声
音

评
说

一个打捞太阳落海声音的诗人

刘克邦

　　说起胡勇平，这个名字大家一定不会陌生。一定会想起那篇《文坛有个毛九班》，想起"毛九班"的班长胡勇平。想起湖南省作协名誉主席梁瑞郴评价的"毛九现象"。可以想见，由于一个人，倒形成一种特有的"现象"说法，可见其人的厉害和可贵之处。

　　我与勇平既是同乡，又都酷爱文学，且各有自己的本职专业特长，唯行业不同而已，我有注册会计师执业资格，他有律师执业资格，且在业内一定范围内小有名气，论理论、论实践均可以说得出个一二三四来，不会不被同行所认可。还有就是，我们都是性情之人。遇上对路的人，真心相待，两肋插刀，可以把脑壳给人家做凳坐；碰上不对路的人，哪管他再富有，再有权势，也不屑一顾，避而远之，望都懒得望他一眼。我虽喜爱文学，却极少涉猎诗歌，是典型的诗歌菜鸟。很多文友出这书那书，要我作序，一则时间宝贵，很不够用，二则才疏学浅，不敢出丑将拙劣的文字印在人家的大作上，所以凡有求序者，一律婉言相拒。与勇平交往多年了，十分欣赏他的人品与道行，有志同道合、心灵相通的感觉，也就破了这个例，胡说乱侃几句吧！

而说起勇平兄弟的诗歌，相信大家也是有目共睹的吧。勇平作为一个律师，一个律师中不大不小的"头"，整天忙于错综复杂的诉讼文案之中，却能超脱出来，痴迷文学，热爱诗歌，广交文友，并形成一股文学之风，冰冻三尺非一日之寒，无论是创作功力，还是修身养性，抑或为人之道，应该都是值得称道的。所谓，"为人为文""人如其文""以文载道"，大抵都是这个道理。

从胡勇平的地理诗《太阳掉在海里的声音》中可以感觉到他对诗歌感性和感悟之中生发的意境与境界，首篇《折情为箫》中的情绪酝酿可洞见诗人的诗意营造——

对你满满一枕的春梦
晨雾中四溅
你的笑闪现在飞天的舞袖里
明明、灭灭
星流的思念在月下箫篁里
平平、仄仄
我看见自己疼痛的记忆
已不再是哽噎的伤口
那是太阳坠海的声音

"太阳坠海的声音"给人一种以静制动的镜像感，张力十足，情绪饱满，生发自然。诗人的想象力是如此丰富，从题目就可以体会到其对"悖论和矛盾修辞"的纯熟运用。同时，这部诗集的命名也给人一种诗性的跳跃和糅合之力，自然，熨帖，有力，又不失诗性之美，让人浮想联翩，有一睹为快击节称叹的冲动。

勇平的《太阳掉在海里的声音》分为"乾""坤""未济"三辑，每辑中大多诗歌都以地名拟题，有感有悟，抒发情感，诗意盎然。"未济"却集中体现为"湘乡地理"。其中"湘乡诗歌地理之文塔"地域人文信息量巨大，看似散淡，平淡无奇，却蕴含着浓浓的思乡、恋乡、爱乡之情，有着诗歌别样的意味与意趣——

前日回乡
我对负责人轻声说道：
能不能把文塔重新装修成读书人的皇冠
把塔中的寿星，财神请回云门寺
把湘乡读书郎：蒋琬、王容、曾国藩、毛润之……
甚至张天翼、肖三…乃至百年以后的成思危、贺国强……
请进文塔

其实，这种叙事体在诗歌中是很常见的一种技法，一般信手拈来，语调散文化，诗意氛围不太浓郁，往往是因地制宜，抒怀寄寓，阐发感悟。又如：

主管文教的谢市长是我的同班同学
他问我，如果文塔重修，捐多少钱
我答：我就一个才疏学浅的律师，
撑死就是一个湖南报告文学副会长，到时候捐20万吧。

谢市长哈哈大笑

我知道经费问题他有办法了：这不还有几十万乡贤才俊，还有富豪榜上的王填、周群飞、文一波。

几年以后的文塔
一定是天下文人的景致

原来，梦还可以如此辽阔。

从这段诗歌的叙述中，可以体验到现场对话的模式感，一问一答，情景交融，有在场的立体效果，又不失诗歌的意象与意蕴，给人以亲临其境的亲切、吻合之感。后一节的感悟和点睛之笔延展了想象的空间，流淌着畅快与惬意的意味。

当然，说起诗歌的各种派系，大家都会想到北岛、舒婷、顾城、海子等等诗人。无论是北岛、舒婷、顾城的朦胧诗，还是当代青年抒情诗人海子的诗歌特征……他们都用自己独特的风格留下了那个时代的集体氛围。说起叙事体特征的诗歌现象，也会联想到云南的雷平阳，湘西的刘年等等一些现实主义写作风格的诗歌代表。而在当下的"泛诗歌"时代，各种有声制品，新媒体、网络平台、纸质刊物等等可谓五光十色，琳琅满目，却很难找到诗歌的真正标准，也就是在我们当下的文学创作中，都缺乏一种个性意识，缺少"有难度的创作"。诗歌也是一样，缺失"有效的想象"，在诗歌作品泛滥炒作的风气之中，让"新诗"出"新"处于一种尴尬的境地。

而在当下的诗歌创作处于一种低迷状态的环境下，胡勇平仍然坚守在精神的原地，以梦为马，追梦寻梦，并不断变化着创作的风格，探寻一条属于自己诗歌特征的道路，他对诗歌的赤诚热爱，不屈从俗世的淡然超脱，不虚无缥缈的好高骛远，实属难能可贵，实在是值得敝人好生效仿与学习的。

读毕勇平的诗集，我似乎感觉，这不光是诗的语言，还是诗的旋律、诗的画面和诗的意境。它似泉水叮咚，又似飞瀑万丈；似天高云淡，又似星月交辉；似鲜花盛开，又似绿树成荫；似琴声绕梁，又似锣鼓喧天……让我这个不懂诗歌、少读诗歌的人不知不觉中竟爱起诗歌来了！

真心希望胡勇平在梦想的海洋中，扬帆远航，顺风顺水，打捞到掉落在大海的太阳的声音特质，抵达自我的"桃花源"。

（刘克邦：著名作家，湖南散文学会执行会长。）

胡勇平的江湖两面：
在严谨与浪漫中恣意穿行

陈群洲

  手持正义之剑维护人间公平，行侠仗义的律师胡勇平如雷贯耳的大名，早已轰动三湘四水。其实，为稻粱谋只是他江湖显性的一面。他的另一面是知名诗人。这个大海一样激情澎湃的兄弟，内心奔涌，才华横溢。他热爱生活，追寻卓越，是我们这个诗人泛滥成灾的时代超凡脱俗的真正歌者。

  打开他的新著《太阳掉在海里的声音》，到处是奔涌的激情与扑面而来的沧桑。写诗四十年，这个熟谙套路的"老司机"，对待诗歌的态度令人意想不到地毕恭毕敬，诚惶诚恐。他没有倚老卖老，没有停留在语言的表面滑翔，做着简单的技巧和文字游戏，而是凭借对我们生活的时代与社会透彻的解读，执着地写出一个诗人对于生活的关照、人世的追问、生命的悲悯和对于时代与社会的使命跟责任。

  诗歌是语言的艺术，也是诗人的安身立命之本。勇平兄有一套自己的词器体系，诗歌话语始终保有年轻人锋芒毕露的异形。他诗歌写作起步于 20 世纪 80 年代。小小年纪就写出了震惊文坛的作品，可谓天资聪颖，大器早成。一晃几十年过去，是诗歌让他青春永驻，神采飞扬。如果说，律师的职业决定了他必须时刻保持理性的严谨与沉稳，那么作为诗人他的另一面，无疑则是桀骜不拘、丰富多彩的。

这不是山风在乖张，我和我的爱情经不起长久的风寒，潇潇//能剩下一些音符，刻江南丝竹/复制我身体的疤//亲，我们已摒弃了恩义/我们葡匐在竹海的最下端……//这一路，我们不停地前行，起身/我不停地用额头叩问深爱的你//这一路，我们霜露结发/听到巫山低吼，云雨沉吟

——《玉屏箫》

谈及诗歌与诗歌写作，诺贝尔奖获得者卡尔费尔德的主张是——"作诗写文和做人一样，每个人要独创一格；当时人们的了解可能不够，甚或不了解，但不可因为人们的不了解而放弃独创的风格。"在粉丝们的眼里，勇平凡的为诗其实就是他为人的精彩写照。诗歌是他高出尘世的另一种存在方式。在他的诗中，随处可见的是他令人折服的才气、激情与豪迈。

在停车坐爱之前，在一切玫瑰之上/旌旗十万，掠心夺魂，一个王朝掀翻的马蹄声/庄严，如血/你笑声爽朗，你汹涌澎湃，牵着小凤仙的手，去到民国的松柏下活色生香

——《岳麓山谒蔡松坡》

驰骋沙场的英雄也有儿女情长的一面，蔡锷将军与小凤仙的爱情堪称千古绝唱。诗人把去岳麓山拜谒长眠的蔡松坡先生

写得如此震撼，荡气回肠。掩卷而思，可不可以这样理解，借景抒情的诗人同时展陈的也是自己的心中大爱跟万丈豪情。

一个作家只有与众不同才会有自己存在的价值与意义。事实上，一路走来，勇平兄始终有自己独特的呈现。甚至在这部诗集的目录编辑上，居然都大有乾坤，让人耳目一新。他在文坛的江湖地位让我辈久仰，甚至早在他的少年时代，我就知道了横空出世的湘乡校园才子胡勇的鼎鼎大名，但真正关注并喜欢他的诗歌，则是在他屈身加盟我们的蓝墨水上游诗群之后。他豪爽大气，激情与睿智并存，常常令群内一些身怀绝技的兄弟心生敬畏。跟他南人北相的外形相反，他充盈闪电与烈焰的内心永远都有细腻的时候。生活有很多面，现实的沉重往往多于想象，而他的诗歌总是向上向善，阳光灿烂。

胡安·拉蒙·西门内斯是一位追求纯粹的诗人，曾经对西班牙现代文学产生过深远影响。这位 1956 年的诺贝尔奖获得者如是说：在合法的情况下，诗歌的职能只有一种，就是深深地沁入我们精神的圣殿——那里有灵魂最彻底的隐情和孤独，帮助我们实现在内心深处揭示人生本质的愿望。

来看一看他的《石鼓响》吧。

允许北去的湘江/突然停住/光阴缓慢，我们都变成更好的人
——《石鼓响》

衡阳石鼓嘴的三江汇流堪称世所罕见的城市奇观，因了曾国藩在此训练水师，被尊为中国海军的发源地。它上头的石鼓书院，在宋朝的书院中曾经有着江湖霸主的地位。古往今来，

无数文人墨客在此吟诗作对，咏叹它优美的风光和厚重的文化底蕴。勇平兄站在绿静阁上，极目远眺，心中突然有了无限感慨，金句就这样喷涌而出了。单是标题中的一个"响"字就足以惊醒我们。可以说，那么多写石鼓的诗中，我记住了他的这一首。

时光的长河里浪花奔腾，岁月匆匆。著名导演李安认为，真正能够抵挡岁月摧残的只有才华。毋庸置疑，是诗歌让勇平灵魂高贵，活得有别于人，并且有声有色。"我一次又一次洗着手/想远离这一些开花的汉字"（《一群诗人的爱晚亭》）。可是，我们要问他，一个真正的诗人，对于早已融入血脉视之为生命的诗歌，怎么可能说离开就离开得了?!

我总在说，写诗写到的表象的物，永远只能是说事的借口，而一定不是出人意料的最后抵达与归根结底的真相。一个诗人将自己的新著命名为《太阳掉到海里的声音》必定是有他的深刻寓意的。对读者来说，太阳掉到海里，除了听到一种空旷而遥远的响声，接下来发生的事情只能想象。虽然，勇平兄依然一如既往在诗里礼数十足地招呼——"请坐。亲爱的，请握紧手中那杯沉沉的水酒/把我的故事听完"（《村庄》）。

（陈群洲：衡阳市作协主席、湖南省诗歌学会副会长，蓝墨水上游诗群创始人。）

读勇平的诗

草 树

胡勇平在律师和诗人的双重身份之间转换，游刃有余，皆能自恰。

面对犯罪、纠纷，他需要在法律的框架内去为委托人寻求最大利益和自由的可能。

面对诗，他也在不同的情境中探求着语言的可能性。

对世俗生活的审视，并不妨碍他对事物的凝视——在诗里，他的凝视充满温情。

"桃花瓣上滴落的水，变成涟水上/细密的波纹/只有年轻的心事/配得上这轻柔的桨声"，这字里行间细密的心思，颇有手抱琵琶的况味。寓情于物，浪头上的海鸥虽远去，却被一只船"整合"，纯粹的事物和"敌人"的黏合，这标志着人到中年的诗人，对世事有了平和的心境。

我愿意将此看作反讽，也约略读出诗人孤独处境的一丝苦涩。给洛夫的诗可说是一种诗人情怀的互文性书写，对诗人的敬重在某种意义上就是对语言的敬畏："请容许我坐在你左边靠后一点的位置。"

在这个十分热衷于前排就座的时代，这样一种姿态，我以为是诗人真正该有的姿态，诚如T·S艾略特所言，谦卑是无止境的。

（草树：著名诗人、评论家。）

梅花落满南山

——胡勇平其人其诗

九　妹

一

我认识胡勇平十年了。

缘于文学，我们四十五个作家班同学在途中相遇，读书，写作，一尾蝶，一场梦。

十年里，我经常口口声声叫喊"胡班"。

出差到长沙了，胡班请客吃饭。尤记得，某次又到长沙，我在岳麓山下学习，胡班邀约几个同学从河东到河西。仍旧是胡班请吃饭，他是个生活家，男女通吃，老少皆宜，对于大俗大雅都有一种津津有味的态度。饭毕，他突然笑着说了一句："李自健美术馆开馆几年了，我一直没有去看，就想等着像九妹这样懂艺术的人一起去看。"艺术是人创造的，纸寿千年，从繁华走出，从热烈走出，从喧闹走出，从艳丽走出，走向平淡，走向幽深，走向孤独，走向凄冷，走向永恒。而艺术的妙悟和灵魂的觉悟是不二的，故而观者的体验，也是自我的、当下的、直觉的。我懂艺术吗？不算懂，算是特别喜欢，而执念

· 223 ·

"艺术家仅次于上帝"，且执着到骨子里了。后来，再到长沙，我有时会想起胡班在等着懂艺术的人一起去看画展。

遇到困难了，我打电话找胡班帮忙。我极少求人，因为怕欠人情，欠了若还不了心里就过不去。曾经为了某事，我打电话求了胡班。他是怎么周旋解决的，我不知道，在感谢他的时候反而变成他请客一聚。后来，我偏居湘西一隅，读书写作，也莳花也习画，安静的日子如同侘寂，山幽水亦僻，生活中只有茂林、深泉、阳光、晨露、晚霞、明月、梅花。后来，胡班因了工作的缘故来湘西，我便能见到几面。见，也是在湘西文史书店，三五人清谈，我给一身酒气的胡班沏茶喝，而他往往是喝了几杯茶后又走到楼下去买几本书，翻了几页书后又回来喝几杯茶。有时候，茶也因为这样的情形有着某种程度上的灵性未脱，甚至散发着微光的魅力。

同学聚会了，胡班与每个同学握手问好。虽说一年一聚，但我想肯定数胡班见到同学的次数最多，微信朋友圈随时可见他到各地出差，上午还在长沙律师事务所开会，下午就到娄底法院出庭，晚上又到凤凰沱江边上喝酒了。这么忙，偏他每到一处都要尽可能见见老同学，哪怕是几分钟，看你的病是否痊愈了、工作的事情是否解决了。我们都没有做到，他的心思就是比别人细腻一点。

十年里，胡班读了法律博士，成为高校硕士生导师，入选司法部法律志愿者到贵州山区挂职副县长一年，到鲁迅文学院作家班进修学习，还不忘在都市中心修筑了一栋尚书房，藏书藏画，读书写文，喝茶吹箫，闲暇时也荷锄种菜植梅。

三毛曾对姐姐说："我这一世，比你十世活得都多。"

我觉得，胡班这十年比我们活三十年还多。

二

月色与雪色之间，诗人与诗歌也可以说是第三种绝色。

时隔十年，胡班出新诗集了。翻开诗集，我一字一顿地念其名字，"胡勇平"让我想起的却不是仗剑走天涯的勇猛异常和横刀立马之人，而是酒入豪肠，执拗如少年，每一个呼吸里都是月光、天空中星辰闪亮与波澜壮阔的海洋。

实际上，我与认识的所有诗人几乎都是熟悉而又陌生，因为我本身的诗歌阅读是一再延迟的。

作为诗人的胡勇平，他和他的诗，同样让我有一种莫名其妙的陌生感。我是慢性子，往往一下子很难融进诗歌语言的敏感、跳跃、张力。然而，当读完胡勇平的一首一首诗歌之后，我又觉得语言真是神奇的东西，一点点读下来，静静地读，会发现他的诗里有一种难以言状的美好，是深藏心底的难以忘怀的情愫。如我，在他的诗歌里读到熟悉的地方、熟悉的友人、熟悉的风景。唯一陌生的，是他写诗的满腔才华与一怀心绪。

望一座城/如同等待灯火阑珊处一个寂寞的微笑，沉默，挣扎，相守，假装不懂等待的意义。

一只飞过千山万壑的鸟说/翅膀才是诗人的未来。

那一年的波涛汹涌/每一朵浪花，都是按捺不住的心跳。

翻烂的圣经搁浅在城墙上/苍白如一柄无人认领的钥匙。

在靠山的农舍/聊天，喝酒，逗狗，等几个故人/牛皮吹得山响。

......

　　这位异常忙碌的大律师，日常中是异常理性的，却又往往在某个时候变身为异常感性的诗人，以独特的方式营建了属于自己内心世界的空间和时间。我才知道，原来诗歌可以这么写，汉语可以这么表达和组合：突破旧有的语言秩序而又在自由自在的气息中保持婉约与和谐——胡勇平的诗带给我的就是这么一种全新意境的感觉。在这里，古典元素的变现、中西文化中经典部分的解构、现代情感中细腻的定位、睿智冷静与率性不羁的默化，自然而然地融汇在一起，仿佛是岳麓山上流动的季风，荡漾在湘江水面的波纹里，透过繁华的街景传到诗人的内心深处。繁华可以落幕，风始终未停，每首诗都吹出了它的姿态，并让这凉爽、舒畅或沧桑、悲恸的美，深入到阅读者的内心。

　　"如果此刻花儿打开/我就跳进那条洗净忧伤的湘江/做激流中，把陷落的花瓣/镌刻到你心里的英雄。"花是人，人亦花，呈现出来的循环往复使这首诗的意义变得深邃了。自己与自己对话的开始，便意味着思考中哲学的开始。马拉美说，一首诗对于一个庸人来说一定是一个谜，室内四重奏对于一个门外汉来说也是如此。我承认这一点，平时读诗不多，但从来不否定诗人的贵族气质和诗歌的哲学化。

　　那么，我由衷佩服胡勇平是一个诗人。

　　胡勇平写了一首《折情为箫》，"明明、灭灭/星流的思念在月下箫篁里/平平、仄仄/我看见自己疼痛的记忆/已不再是哽噎的伤口/那是太阳坠海的声音"，这是他的诗集开篇之作，更是书名出自之处——太阳坠海的声音。箫声与太阳坠海的声音相互转化，在这里，诗人有点像梦游者，他不要任何有意识活动的干预或控制而寻求他自己的道路，唤醒他就毁灭了他的力量。说实话，我不知道这首诗是写于何年何月何日，但懂得这首诗与箫关联定是缘于在贵州玉屏县挂职。玉屏产箫，洞箫、琴箫、紫竹箫、斑竹箫，我去玉屏寻箫的时候，就遇到从洞庭湖君山岛上奔赴而来的吹箫人，他选中一支细长的紫竹箫，即兴吹奏了一曲《梅花三弄》，音色苍凉辽阔，顿时让人如临一种空灵、静谧的意境。我也见过胡勇平尚书房的箫，四五管一排挂在墙上，管身较粗，颇似尺八，不会吹奏看着也很有古意。"折情为箫"，应是对挂职一年的生命的体验与领悟，而不是挖空心思造出来的。在这里，箫如故人，走来又走去，然后远，自是永远的笑意盈盈，与诗人隔空相望又相忘，相合也相离。当然，语感自知，随读者怎么理解，语言的歧义总是要生出纷纭的别枝。

我那次从玉屏也携回一支琴箫，且镌刻"暮雨花间书味暖，春风竹里琴声长"。读罢胡勇平的诗，把箫取出来，对着《梅花三弄》谱子吹响的只是一声感喟，喃喃的，很轻，犹如一朵一朵梅花落满了南山。这时候，诗人为着这朵花，这段期待，而有了这一本诗集。

辛丑桂月，写于素读楼

（九妹：毛泽东文学院第九期中青年作家班学员。）

你往何处去

丛 林

1.

初见他时，觉得他霸气，虽然戴着眼镜，仍然像个土匪。

过几天，他拖来一箱绝版军团酒，大宴我们这批初相识的文学院同学，杯碗碰得砰砰响，喝到后来，竟然跳到桌子上振臂高呼。那会儿，我真觉得他像是马上就要揭竿起义的梁山好汉。

可是，他说他是律师。

说起他做律师的缘起，也是一段有趣的经历。

做律师之前，他是警察。十五年前的中秋，他同几个兄弟喝酒，酒后算命，算算各自前生是个什么人物。一算，算出他前生是个省级干部。次日酒醒，他坐不住了，怎么想都觉得自己应当是个人物，于是辞职，只身前往省城。当时，他手上只有一万块钱，在省城认识不到十个人。他请一个熟人带他拜码头，说将来好混事，一顿饭花去了七千，却连一张名片也没收到。这之后，他在办公室地板上熬了三个月，在身上还剩下一百块钱时，意外接到一笔业务，一家银行请他追讨一笔六年没有追讨回来的六百万的拆借款。于是，他花了一个晚上的时间，喝了20杯茶，居然替银行追回了那六百万的拆借款。他本人也因此得到十五万的律师费，终于在这个城市立足。

那一个晚上，他到底谈了些什么，始终是个谜。我想，恐怕不单单只有法律吧。

过后，没用几年，他就做到了这个城市的行业老大。

如今，你再问他：胡勇平，你现在怎么看你当年那事儿？

他会笑笑说：后怕，真的后怕，可那会儿年轻。

其实如果让人生重新来过，我估计他还是会那样选择的。

是男人，总是想要自己打江山。

2.

朋友小聚，有他在，总不冷场。但偶尔也忧伤，短暂沉默，不易察觉。

几年前，路过他的律师楼，他请我们进去小坐。几个人或下象棋，或喝茶，或品字画，他坐在窗前，独望窗下车灯如河。想起他说的："十五年前的一个秋日，涟水河边夕阳照来，人满身通红。一个人坐在那样的光线里为了未竟的理想痛哭流涕。泪干后，背着行囊，独自离开家，离开故里，在光的照耀下，走很久的路，去很远的地方，不再回头。"

他的本质是个浪子，也是个诗人。

城市里灯火迷离，孤独时，他便埋头写诗，用诗歌的柔软安抚他猖狂躁动的心，软化他的匪性同暴戾，也用诗歌来保持他一份浪子的清醒。

他曾经很暴力，做警察时，一时愤起拿板砖就去拍人的头，差点丢了工作。这给他很大教训。他说："暴力永远无法维护人间的正义，相反却只能距离正义越来越远。无论以何等美妙的词句加以修饰，暴力仍旧是暴力。以黑暗对抗黑暗，永远不可能抵达光明。"

所以，他说他要多读书来平和心性。工作之余，他博览群书。他的第一学历是中专，但他却是那种为数不多的，通过各种途径把专科、本科、硕士研究生同博士这一溜的文凭都一顺水读完了的人。一个人的力量越强大，就越需要有高深的学养同德行修为相辅佐，否则，那力量就都是破坏同毁灭。他能文武兼修，实在是他胡勇平的福分，也是这个社会的福分，不然，他就真是土匪，不会是律师，也不会是诗人。

来这个城市之后，他已经出过两本诗集。

诗人的本质，总会让他做出许多特立独行的事情来。据说，他曾经在下班之后，驱车数百公里赶到另一个城市，只是为了要亲手给他喜欢的女人去做一顿晚饭，或许是她一生中他唯一能为她做的一顿晚饭。你如果向他去求证，他或许会嘿嘿地告诉你："人生太多遗憾，太多不完美，总得做点什么让自己来怀念。"或者，他会顾左右而言他，随便戏谑一个什么故事来打发你。

人有时候怀着豪情去做一件事情，其实不只是为了感动对方，有时也是为了感动自己。他能爱人，也能负人，但不祸害人。他重情，也能绝情，但注定不会无情。

对待朋友，他挥金如土，且始终义气，若有难，不惜千里奔赴。

我常去长沙，偶尔会打电话给他，但多半不打。城南城北，城东城西，约出来吃个饭，几个小时的时间就都耗在堵车路上了，浪费生命。但不管打不打电话，我心里都是安然和笃定的，因为有一个值得信赖的学兄在这个城市里。

(丛林：毛泽东文学院第九期中青年作家班学员。)

城市语文

张吉安

勇平是一位律师，也是一位诗人。以前我更认为他是一位纯粹的诗人，且不说他年轻时就狂恋着诗歌，组织文学社，行吟于校园，然后不断有诗作亮相《诗刊》《湖南文学》等期刊。在我认识他以后，每次相聚，打动或吸引我们的往往是他浪漫的、率性的、善良的诗人情怀。一杯小酒入口后，他容光焕发，激情洋溢，口若悬河。他谈诗，却是不经意般地，旁听者并不生厌，或者信口就背出了别人的一些诗句。交杯换盏谈笑时，他也常常冒出几句诗，像沸腾着的火锅里又加了一把绿亮爽目的叶子菜。他的口才很好，可以想象出庭时，他滔滔不绝的辩护，是生动的，是法与情俱下的，我却想，在肃正的法庭上，他会不会也冒出几句抒情诗？那可是法不容情的地方啊！

人生是充满变数的，这种"变"往往是被动的，但有时又可主动，这就需要个体对自我的准确认识，对时务的正确判断。他的"变"是成功的，因为他成了"湖南老百姓最喜欢的律师"，并入围"湖南最具影响力法制人物"。

勇平诗中的讲述是睿智的、幽默的，有故事，有段子，有警言妙句，当然，诗人的气质和浪漫也映现其间，然而，让我印象尤深的，更是它的思辨和哲理，它的别具思考，它的不断闪现的思想火花。读它，你不时也会陷入沉思，深受启迪，感受人生真谛。

这是诗人的吟咏，还是律师的感悟？

有人说，作家首先应该是思想家。这话是很在理的。缺乏思想的文学作品，是纤弱的、浅显的、单薄的，好像一块贫瘠的土地，长不出壮实的禾苗，更不会有沉甸甸的果实，收割下的只会是空瘪的谷壳。思想是文学作品的"点滴"，要注入其身体，让它溶进血液之中。

读《太阳掉在海里的声音》有畅快淋漓的感觉，有如在炎热的夏日饮食一杯冰激凌，或在寒冬时节箸捞一盆沸腾的火锅；它是张扬的，个性是显露的，是一种诗人情绪明朗而无忌的表达。

诗中时空不断转换，历史与现实在相互交织、碰撞，并充塞着众多的形象、意象或隐喻，诗意有时却恰恰被它们冲淡了些许。不过，我们总是能感受到一颗孤独、流浪的心灵在呐喊、在挣扎。这个孤寂的灵魂是从托马斯·曼笔下的神秘"魔山"走出来的思想者，或像哈姆雷特一样在欧洲王宫深处徘徊选择，或像艾略特般站在南美荒原四顾茫然，或像布鲁诺般接受中世纪野蛮之火的焚烧。但是，他总在思考，在寻找，在阴霾的天空下顽强地对抗黄昏，在渴望着博大的新生。

诗人是孤独的，是一种灵魂与精神的孤独，却也是这种孤独，使诗人变得异样美丽，尤其是一位不断思想着的诗人。

当结束这篇短文的时候，我想起了诗人食指的诗句：

摇曳着曙光那枝温暖漂亮的笔杆

用孩子的笔体写下：相信未来

我们每个人永远都是孩子，我们都需要不断成长，并且也需要相信未来。

(张吉安：益阳市文联《资水》杂志主编。)

我、我们

阳 子

他叫胡勇平，也叫胡勇，还有一个笔名叫印
证，一边写诗一边做律师，我一边编书一边写诗，
我们一起玩了三十多年，像平民一样生活，像贵族
一样写诗。

——题记

2018 年冬天某夜，胡勇平打电话给我："我今天写了一
首好诗，你现在出来。"

我刚洗完澡，一身热乎，正往被窝里钻，准备做一个美
梦迎接明天的工作。我能想象出他当时的样子：疯子似的咧
着大嘴荷尔蒙四处发散。

我把内衣往下拉了拉："我不出去了。"

"我在芙蓉路，今晚的灯光格外灿烂。"他说。

芙蓉路上的灯光每晚都灿烂，它们是长沙城市发展的必
然，和写诗无关，并且我老婆不喜欢我们这样。

"嗨，兄弟，我们马上五十岁了，淡定，努力工作。"我说。

"赚一百万会很快花掉，写一首好诗永远在！"胡勇平在芙蓉路继续邀约。

他赖着我，不让我挂电话，他在电话里朗诵了《玉屏箫》这首诗，非常具体的谈他受司法部委派，到贵州省箫笛之乡玉屏县进行法律援助的工作和创作过程。

我最终还是忍住了，没有去见他。

好不容易挂完电话，我却怎么都睡不着了，他让我这么老了还内心抓狂"能剩下一些音符/刻江南丝竹/复制我身体的疤"这几句诗让我琢磨着他在玉屏到底干了些什么。

这是一个美丽疯狂的长沙之夜，有一个肥胖的诗人写了一首好诗，他需要当面读给我听，这是我活在这座城市，和我相关的事情中最隆重最别致的一件事。

我一辈子会记得。

我还有一个朋友，叫湘水，他比胡勇平更疯，他的生命里只有诗，他经常对我说：哥们，你要写诗，你只有写诗，活着才更精彩更有意义。后来我真的开始写诗了，他自己却不写了，他要去赚钱，要买房子要娶妻生子，但是他太经不起生活的磨难，他除了写诗几乎干不了什么，根本赚不到钱，他突然死了，他用死亡证明了生活的茫然和诗的重要，他离不开诗，诗就是他的生命。除了我们没有更多的人理解，也许只有他自己认为诗非常重要，我们也帮助他在现实中寻找人们对诗的感觉，希望有更多的人读诗爱诗。

胡勇平和湘水是真正的诗人，诗人不光要有好作品，更应该有诗的气质、浪漫和风情。

我生命中最重要的两个朋友都是诗人，他们左右和影响了我们年轻时代的思想和活动范围，他们都喜欢说话，但语言风格和逻辑思维不在一个档次。湘水君说话节奏快，不喜欢用形容词，他甚至告诉我，形容词用多了可耻。写诗可以是这样的，但我们知道，没有谁限制说话的方式、风格和使用形容词的数量，说话不用形容词不打着手势配合和加重自己的语气，是不会留下印象的。湘水君不幸离开了我们，我经常怀念他，但我真的记不得他以前说了什么重要的话，他自己认为写诗非常重要，是生活的全部和唯一，每次见面，他都要求和唤醒我们将诗歌进行到底，但是他讲了那么多话具体的我一句都不记得了。他唠唠叨叨反反复复说。他的诗写得太多了，写了许多好诗，记不得哪一首最重要。他留着几十本甚至是几百本诗，没有留下一首让我们吟诵，其实我们那么喜欢诗。但这不影响他在我的生命中的重要性。

　　我年轻时基本不写诗，我写小说和散文，楚子、李静民、湘水、胡勇、唐朝晖、章玉、梦遥、申和平、王立新，还有一些女孩子，他们一起写诗，谈诗，为了诗撕破脸互不相让，又互相欣赏日夜相守，谁也离不开谁。湘水君一个晚上可以写几十首诗，字迹潦草不工整，他用便笺纸写用信纸写用作业本写。胡勇的创作方式不同，他写和自己有关的诗，他的诗豪华，用词夸张，每一首都写得隆重，或者轰轰烈烈或者激情四射，他说话也是这样的，用许多词语造气氛，无意中就进入了他的语言怪圈，听胡勇说话就像黄昏的时候在风光带散步，风景优美心情好。湘水君是做不到的，但湘水君也是有个性的人，对看不起他作品的人，他一定要加倍轻视，我们一定要说他的诗好。我年轻时性格比现在好，他们互相批评对方的作品，但他们不批评我的。我喜欢、热爱他们。

2013年9月6日的《光明日报》刊登了原《青年文学》执行总编，湘乡籍诗人唐朝晖的回忆文章《湘乡诗情》：

"……我在湘乡以每一种心情与他们相会，诗歌的光芒照耀着夜晚的每一棵树。

时间叠加、掩埋、冲洗之后，各种团体滋生的纸质媒介渐渐被湮没，但作为个体的文学作者，他们的作品依然如鲜花般盛开在湘乡这块土地上，流动在各个山头，文学枝叶的绿黄浅淡，相继轮回。

在湘乡，民间媒介的最后生存者，那个时代的一道飞白小捺，应该就是这份《新世纪诗潮》。这份报纸在孤独中燃烧着激情的美丽，楚子、湘水、胡勇和我，四个主编，身边还有那么多青年如火焰般催促、鼓励着我们。在楚子的单身宿舍里，在明亮的灯光下，一张桌子六份菜，一瓶高度白酒和一些啤酒，报纸就出来了：四个主编凑资，印刷、审稿、编辑、发行，一次性完成。

那个年代的工艺全是手工活，我们亲身经历了每一过程。虽然仅仅面对着作者本人，但这是来自心灵深处的呼吸！

我们把那些书写清晰的稿纸小心翼翼地放在工人的拣字盒旁，她们从数以千计的铅字架上准确地把每一个字拣出来。报纸第一期出来了，我们四个人在有酒的夜色中，在自行车上的放歌中冲进黑色的旷野，从湘乡市城区、三〇五厂生活区、城乡接合部，到泉塘四中，继续往黑暗里冲。随着路灯的消失，那种黑暗越来越浓，我们只看到皎洁的月光播洒在田野上，撩动人心，那些没有收割的谷子，被我们的心情收割。"

胡勇的诗写在笔记本上，把笔记本放在包里，比较重要的场合他都会把诗拿出来，给别人看，到了现在，他的律师事务所开得很大，他出门背上的包也背得更大了，里面有无穷无尽的东西，最重要的还是他自己写的诗。他把诗献给了童年、少年，18岁的时候，形成了自己独特的语言风格，诗写得豪情万丈。我读到过已故的著名红学家，也是胡勇平的启蒙恩师林曼对他的评价：

"1983年上期，陈小放君任教的红星中学组织了湘乡市第一个学生文学社《涟河水》，比后之负盛名的一中红杏还早半年。首任社长就是胡勇，那时他才读初三，他同小放来蜗居，我看油印小报上刊登着他的散文和诗，虽属涂鸦之作，却不失纯真，我们就有了交往。

"之后，他去湘潭求学，还是湘乡当时最大的青年文学社《梦溪》的社长。后来他当工人，当警察，又进了湘潭大学深造，取得律师资格，到了省城工作，但他一直还在坚持写诗，不时有作品见于报刊。

"1991年，我和王柏松、胡耀松合编《湘乡新时期（1978-1991）文学作品选》，作品选用各地省级以上报刊发表过的作品。胡勇入选有《少年壮志不言愁》和《拉不开的序幕》两首。

"《少年壮志不言愁》是蓝盾文学，是胡勇做警察时的一部作品，凸显'一生忧乐为人民'的主题，诗句颇具形象性和精致：'你不怕驶进死亡的误区/而打捞起温馨的黎明……'《十五的月亮》流行的季节/你的妻子把担心和寂寞/哼成泪中的摇篮曲/母亲的祈祷正化作一轮明月/披上你的全身……但这首具有共性的诗缺少'我'。

"别林斯基说：'诗人说我，就是说祖国，人民。'

"诗人历来是人民的代言人，但并不排斥'我'的存在，诗才有多样化。

"拜伦和雪莱都是英国的浪漫派诗人，都具强烈的社会批判力。马克思说：'拜伦36岁死于支持希腊那是他的福，不然他会成为一个反动的有产者。雪莱29岁死是不幸，他可以成为社会主义诗人的。'马克思指的是他们的政治倾向颇似豪放派词人苏轼和辛弃疾。苏轼具有乐观的倾向，辛弃则有更深的忧愤。'风格即人'，诗人尽量突破共性显示个性。好在此诗结句：'……但愿你大檐帽上的共和国/踏着额头上/一级一级的皱纹/上升。'可称一个有余韵的貂尾。

胡勇平说话的风格和他的诗风类似，喜欢在大风大浪里扑腾，先把自己感动了，再发动别人的情绪，许多人以为他的心脏是一台永动机，然而，长期在一起的朋友们知道，他的心脏从2018年开始，已经有了一点小问题。胡勇平经常认为自己诗里的某一行字非常伟大，它们叫金句子，他不由自主把金句子朗诵出来，他用深厚的高音激情满怀地大声阅读，他不是在读诗，他是在朗诵自己，在切割自己身上的肉：舍生取义。

无数次的朗诵得以净化、升华，以至于后来我们养成了一种习惯，每一次见面，每个人主动拿出自己的诗作来，安静、虔诚地酝酿……有他在的地方，就有诗在，有诗在的地方就有泪水在，有笑脸在。我们在朗诵中互相感动，无数次热泪盈眍。诗人楚子这样评价胡勇平的代表作之一《咳嗽的夜鹰》：

"胡勇平是一个外刚而内柔的汉子，兼具着南方和北方男子的双重气质，柔的是话语间流露出来的温情，具有水之魂海之质地，'以滑翔的姿势品味着残秋/品味着秋天果核中莫名的惆怅。'这样的句子的确有柔骨的成分，同时，还渗透出一股对'命运'的无奈和悲怆之感。尽管整首诗他所要表达的是'夜鹰的原形是男人的灵魂/男人的历史应与鹰同命/从一粒健康的受精卵/长成矫健的翅膀'。这样一种雄性的符号，却很难见到'金戈铁马、气吞万里如虎'刚猛的鹰性，反而显示出悲壮。"

他是一个让人感动得想哭的诗人，哭得最多最欢最深刻的是湖南大学的燕儿博士，她哭得太多了，后来她不哭了，眼泪还没有干，她干脆亲自去写，把自己变成诗人。有一次，也是冬夜，我、胡勇平、傅舰军、燕儿、陈道远、张榕等诗友一起去足浴城洗脚，好像还有几个诗人，把袜子脱掉脚放入热水里，我们就开始发作了——我们要朗读诗。胡勇平声音浑厚，我们鼓掌让他先读，他的朗诵水平一般，但他喜欢读。我们的朗诵水平也非常一般，但我们都喜欢自己的声音通过诗歌方式传播，每个人都能记住特别熟悉的声音，我们之间电话通话不要先声明谁谁谁，我知道是胡勇平是湘水是傅舰军是燕儿。这就是一种亲切。

轮到燕儿朗诵胡勇平写的《骄杨，在一切玫瑰之上》一组纪念杨开慧一百周年诞辰的诗时，她读到"永别了，润之，今后只能在梦里，为妻为母"时，她就看着我："阳子，我想哭。"

我鼓励她哭。"哭吧。"

她就哭了，她是真哭，眼泪像溪水一样源源不断，她还号召我哭。

但是我不哭。

她问我："你为什么不哭？"

我也不知道，但我当时确实很感动。

胡勇平也没有哭。燕儿每次哭，我们都非常理解，觉得亲切。

事后冷静下来，我决定和诗保持距离，写诗太累了，它不但必须满怀激情，还必须让自己有比别人更多的泪水，要耐得住寂寞甘于贫困。我以前不是这样认为的。相当长一段时间我不写诗瞧不起写诗的人，认为写诗比写小说写散文写报告文学低几个档次，是无病呻吟。实际不是这样的。胡勇平有一首诗《情愿留在冬季》给了我很深的思考："自从你的剑刺伤我/ 就发誓将你终身监禁/ 风雪中的承诺/ 千百只白色鸟/ 翘首树梢 /不愿看它展翅时/ 那道潇洒的闪光 //……五内焚尽 / 泪流满面/ 冬季的密码和流韵/ 破译为 /唯一的伤口 //……"对于刻骨铭心的初恋，现在只有消瘦的想象；在伤口还没愈合的同时，依然相信"未来是苦楝树上结出的甜蜜果"。他更像一个屡败屡战的斗士，在等候中迎接下一场轰轰烈烈的漂流。

诗是文学的最高形式。

一个做铝合金生意的朋友，没有任何理由地每年买我们编写的书，不同价钱不同内容，很多年都这样，后来我们见面了，泡了一壶很浓的黑茶，我们开始朗诵诗，选了一首胡勇平的诗《不倦去路》朗诵到诗的第一段"又到了要出发的时

候了 /外面有风有雪/娘一脸牵挂：又要去哪里呀？"他哭了，他老婆也在，开始还有点顾忌，后来由不得自己，泪流满面，弄得我们的血管也非常舒张，眼睛里含着泪水。我们成了朋友，在一个诗群里待着。

我们经常忘记，除了精神层面我们在现实生活中还是不是需要生存？这就是我们。

胡勇平比我们懂生活套路，但我们没有见过他和别人谈钱，他总是把谈钱的事在另一个地方隐秘进行，我们不知道过程，只知道他有钱，《东篱屋之夜》《半边妆·上书房》《城池·印湘江》是他在长沙的三处住所或者书房命名的，三处住所都是全款的，没有一分钱按揭，他有一句话，谁听了都想弄死他：我连银行的钱都不欠，会欠你？他给《湖南文学》、湖南省作家协会免费做了十几年法律顾问，我问他为什么不收钱，他很诡异地笑：我愿意。

这就是诗人胡勇平，一个有深层次追求、不知疲倦对生活充满爱的男人，只有在诗面前，他才变得如此温柔、安静和纯粹。

并不是所有认识的人都知道，其实他前后有过两个合法的名字，没有同时使用，一前一后。来长沙前叫胡勇，这个名字代表他一生中成长、进步的过程，也包括失败、折腾和挫折。他来了长沙，叫胡勇平，成了著名律师，在这个名字里安顿下来。

他干过许多职业，工人、警察、化妆品推销员（他自己说是政府部门的门市经理）、律师、大学教授，不管他在干什么想要干什么，他都是诗人。他最喜欢和最忠心的岗位——

写诗。关乎他的职业的作品并不多，但是《阅卷》这首诗是他担任全国最大的涉黑涉毒案主犯石某辩护人的时候写的，最抓狂的是那首《一个人的正义》一个小偷偷了胡勇平的东西，被抓以后，请胡勇平当律师。

我和他相处的内容里有两点需要强调：

第一，他喜欢折腾，他的词汇量非常丰富底蕴足有张力，有他在的地方一定会生长出许多故事许多浪花，有友谊有爱情有甜美，他折腾完了自己再去折腾别人。他活在朋友们中间，要让朋友们不安静，这就是他活着的理由。《情漫湘江》是他的代表作品之一，参评过雷锋家乡望城的一个奖，盲评结果出来的时候，梁尔源兴奋地把结果告诉了他，颁奖的时候，却是一个优秀作品奖，他拒绝去领那个奖金：这地方评奖太对不起雷锋。胡勇平不断地学习，他取得了九个文凭，参加工作后，学习从来没有间断过，以中技的底子参加高考被湘潭大学法律系录取，又考入中国政法大学读在职博士。

第二，我不只是他某一个阶段的朋友，我们十几岁相识，到现在年过半百，一直是朋友、兄弟。这中间许多人不来往了，打过架结下了梁子。我们也有过许多冲突，我年轻的时候他还是我生意场上的上线，我们为了5块钱红过脸差点动了手，但要不了两天我们又混到了一起。某一段时间，下午5点左右，他腰上别着BB机到我们的青春屋来结账，有时周巍巍也同时到，他们把洗发水之类交给我卖，一年里大部分的日子我没有做一笔生意，所有的洗发水原样站在我的玻璃货柜内，我没有钱结给他们，于是，胡勇不甘心，号召打桌球，5块钱一盘。他的桌球水平特别臭，永远学不会的那种，杆子放在手指间，杆子伸出去那一瞬间打滑，总打在白球的侧面，白球无力地向侧面滚动，永远撞不到指定的有色球，挂空挡。我的水平比他好一点，张德华也掺和进来，张德华水平最高，胡勇和周巍巍水平太臭了，输了经常赖皮，一个球要打两次。为了赢5块钱我们费尽心机，经常闹得不欢而散。这个时期他写了《让我走吧》《即使未来迷失在相拥的怀里》，我经常拿他的一段诗取笑他：荒原上的职业枪手，以真实的赤裸，抢劫风雨，就是打球耍赖皮的真实写照。

我这样说，现在的胡勇平不会承认，他最多笑两声，然后转移话题。

从胡勇到胡勇平，他们是同一个人，代表了不同的成长过程，但始终有一个共同点有一根主线牵绕——他们都写诗、爱诗、与诗共舞——这样说，注定他们就是一个人了。有人说一个人的名字代表他在尘世的再生，里面包含了成长、斗争和爱情，他不断地让自己在不同的区域再生，有他在的地方就有故事，每个故事派生出不同的版本广为流传。每次写他自然冒出不同的味道，总感觉他写不完更是不能写全，写得多了，他的味道才浓了。《九月九日见山东诗人江涛》《一群诗人的爱晚亭》《上帝挑的一盏灯》《天堂笑——纪念陈元初先生》《归去来兮——纪念洛夫》这些作品让我知道，我还没有把他的味道完全彻底品尝出来，放在不同的环境味道不一样。

机缘巧合，我把胡勇平引荐给湖南人民出版社的龙仕林先生，把他和他的作品交给更专业的人去品味。没过多久，龙老师一定要请我喝酒，他说，感谢我把这么优质的作者引荐给他，后来他和龙老师等人成了结拜兄弟，有了一个文艺小团体"星城十杰"，还写了一首诗《龙王庙》这是后话。

　　胡勇平认识龙老师以后没多久，胡勇平的文集《信用战争》，《法律人的诗——10+2》两本书横空出世，我通过网购分三次定购了二十七本，有几个朋友到我这里索求，其实他们都不是法律人，他们很少读偏向法律的书，但他们知道胡勇平是诗人，所以喜欢。理由很简单很朴实，我不能拒绝，只好自掏腰包，这个事我没有给胡勇平说过，当作我以前欠了他的，用这种方式去还吧。

　　有时候我在想，如果我不认识胡勇平，我的人生会怎样？在行为上，不认识胡勇平，我可能不会来长沙工作、生活；在精神层面，我会少一些味道。具体点说，年轻的时候会少些酸味——对文学和爱情的追求，这一点非常重要。它让我们在年过半百之后，隔了不了多久还在找机会和时间聚在一起，回忆其中的细节，露出笑脸开心一笑。他号召大家捐钱重新装修湘乡文塔，建议重建湘军昭忠祠，专门为此写了几组湘乡地理诗《昭忠祠》《云门寺》《文塔》等。

　　然而，并不是他干的所有的事我都会喜欢，至少有一件事——我到30岁才结婚——他是有责任的。我和他同时认识的女孩子，他不但不会在女孩面前说我的好话表扬我，相反他会损我丑化我，让个别喜欢我的女孩子，最后都喜欢了他。我终于大梦初醒，汲取教训，我现在的老婆，直到我结婚之后才让他认识。我没有坚持原则，不但没有去恨他，而且在1988年和他生死相约去了老山。从老山前线下来后的第二天，我又非常愚蠢地犯了同样的错误，我陪着他去干另一件事。

他拿着我们俩共有的钱去了云南建水县一个叫王双玲的女孩子家里，他在热带雨林中和王双玲露出海誓山盟的表情，在建水汽车站依依不舍，花了我们共有的钱，那时我们都没有什么钱，为了他的爱情，极少的钱也被他花光了。在云南的最后几天我吃着一毛钱一碗的红糙米，回来钻在61次特快的车座下逃票，样子非常狼狈。更可恶的是，诗人胡勇为了表达他对遗留在湘乡爱情的忠诚度，反复把王双玲栽赃于我，还专门写了一篇文章《阳子与王双玲》，他是律师，我说不过他。

这件事对我们的影响非常巨大，在我写作的过程中，他尝试和我商量：在文章里假设王双玲喜欢我们两个人。这样的事我一定不会答应，我必须维护王双玲那个美丽的菜农姑娘的美好形象，还原和保留她最真实的美。

老山之行，他有两部作品《山中，那一片白色的墓碑》《战地相思豆》我没有原则地坚持他的诗写得非常好，为了这我和几个持不同观点的诗人争持过。

他的许多诗即使不署名我也知道是他写的。

（向阳：1967年生，笔名阳子，祖籍新化，生长在湘乡，15岁开始写小说，17岁发表文学作品，陆续散见于《青年文学》《花城》《湖南文学》《新创作》《湖南日报》《新湖南》《湘声报》《华声在线》等，出版了一千多万字个人专著，多部专著图书颇有影响，作品以歌颂社会主旋律为创作方向。二十世纪在湘乡工作，期间去过老山前线。后移居长沙，现担任湖南省方志文史研究院负责人，专事文史图书，出资人。）

后记：撑起灵魂的拐杖

胡勇平

"达则兼济天下，穷则独善其身。"面对着摊开的旧书，而窗外已是二十一世纪，这就意味着，肉体是一副撑起灵魂的拐杖，我们的灵魂是可以便携的，可以流放的，能够清洗的，我们的诗歌要做到的是，在历史逐渐冷却的过程中，记录下这些岁月红尘中飘浮下来的历史倒影。

快节奏的生活常常会让我们遮蔽掉许多东西。写作有许多的意外，如果诗人的写作冲动是受心灵支配的，而不是我们每天应对紧张生活时高速运转的那个疲惫不堪的大脑的，即便是在古老生活的确定性基础上，也有诱使我们去探究它神秘性源头的动力。如今，诗人写作的自由度扩大了很多，能够表达有深度、更广泛和丰富的东西。回到基本的诗歌平台，诗歌只是一种语言的特殊活动，高级而又智慧。而中国正处在变革时期，社会的各种因素都在变化，形成许多焦点问题，这样的变革时代对诗人是一种幸运。真正的中国诗歌传统已经在当代的新诗中复苏。中国新诗未来的发展趋势是：一方面更平民化、更人性化，表达更关注个人，关注人的灵魂和欲望，诗歌的语言将变得柔软自然；另一方面，他自身所担负的历史责任是丝毫不会减弱的，他需要铿锵有力，期待着还会出现成熟的诗人和年轻的有希望的诗人。

为了实现这个梦想，我们宁愿选择像海子一样用血去为诗歌淬火，反对诗人意淫、自慰、苟且地活着，就像岳飞的母亲送儿子上战场一样，不是祝他平安归来，而是给他在背上刻下四个字：精忠报国！

我很赞同诗评论家沈奇对中国当代诗歌的一个命名：物质时代的心灵植被。在一个欲望高度物质化的时代里，这块田园，已明显撂荒，当代诗人缺乏诚意，诗歌缺乏读者已是不争的事实。这促使我们思考：产生这一现象背后的原因是什么？当下以诗人形式活着的人的生存状况和写作状况如何？

当某天，我们惊异地发觉一个时代把我们整个颠倒了过来：终于能按照自己的内心写作了/却不能按一个人的内心生活。网络时代，把诗人完全边缘化了，或者说：以前介绍你是诗人，立马有人为你倾倒，现在介绍你是诗人，立马有人会骂你有病。你写的东西，别人根本就看不懂，你还骂人家不会欣赏，你不是有病，那又是什么？

在很长一个时期里，生活与诗歌是一种"有病"与"呻吟"的关系，在社会批判、反思、生命体验、终极关怀、寻根、史诗、生活流、反文化、后现代主义等之间跳来跳去，诗人只能在这一假定的思维框架里迷惘和凄惶地思考和写作，诗歌开始走向脱离社会、脱离大众的穷途，而这种脱离排除的是凤凰涅槃式的再生可能，因此我很悲观，无论从创作的角度和方法看，我们的诗人过于虚妄。

古希腊哲学家赫拉克利特说过一句名言："人的灵魂是一

个遥远的国度，无法接近、无法探访。"更多的时候，这成了诗人们清高、离群的理由。诗人对社会、对生活缺失担当，为了面子而标榜自己的创作摆脱了过去功利性的东西，不再依附任何诗之外的因素，造就了诗人面对现实的时候，就像是捧着一只贝，越是碰它，闭得越紧，拿他一点办法都没有，勉强撬开，它就会死掉，那样就什么也没有了，只好等着他自己打开。垃圾、口水、病毒等入诗，造成了中国诗坛的积贫积弱。我看湖南作家网"湖南实力派诗人代表作品展"的一些诗作时，讲过一段话：如果诗歌不能产生画面感，不能张开读者的想象空间，甚至一种类似恋人之间的那种眼神交流产生出来的默契都没有的话，还敢拿实力派诗人五个字来忽悠人的话，你不是个骗子就是有严重的人格分裂。

我们中国的诗坛上自从1986年以来，一直响彻着卡夫卡的哀叹："我虽然可以活下去，但我无法生存。"在生活对诗人的更为复杂、多重、难解的误读中，我们绝大部分诗人在严峻、复杂的生存感受方面，自我暴露了最大的无知和简单。一直标榜以鞭挞为主题的湖南湘诗会，我意外发现主持人把坚持写诗的姿态与坚守诗歌的立场混为一谈，把诗的精神与歌的技艺对立起来，把反中心的边缘状态的阿Q式的卖乖，当成一种严肃的文学态度，当我看到一些很有名气的实力诗人，拿着自己的诗集点头哈腰地向初学者献媚的时候，一股透骨的寒意从背脊直冲脑顶，这除了能制造一些打着诗的旗号的文字垃圾，对现代诗认证的进步毫无意义。当使命感的创作被贬成了一种哗众取宠，那么在文字游戏中自我回塑、自我拼装起来就成了不可避免。